Deseo

D0816124

PELIGROSO CHANTAJE
DANI WADE

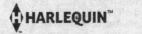

HARLEQUIN™

Editado por HARLEQUIN IBÉRICA, S.A.
Núñez de Balboa, 56
28001 Madrid

I.S.B.N.: 978-84-687-5659-2
Depósito legal: M-34154-2014
Editor responsable: Luis Pugni
Impresión en CPI (Barcelona)
Fecha impresion para Argentina: 14.9.15
Distribuidor exclusivo para España: LOGISTA
Distribuidor para México: CODIPLYRSA
Distribuidores para Argentina: Interior, DGP, S.A. Alvarado 2118.
Cap. Fed./Buenos Aires y Gran Buenos Aires, VACCARO HNOS.

Capítulo Uno

Aiden Blackstone reprimió un escalofrío que nada tenía que ver con la tormenta que se desataba a su alrededor. Por un instante permaneció inmóvil, mirando las elaboradas volutas talladas en la puerta de roble. Una puerta que se había jurado que nunca volvería a cruzar, al menos mientras su abuelo estuviera vivo.

Se había jurado que nunca más volvería a verse encerrado entre los muros de Blackstone Manor. Había creído tener todo el tiempo del mundo para compensar a su madre por su ausencia. En su ignorancia no se había percatado de todo a lo que tendría que renunciar para cumplir su juramento. Mucho tiempo después un nuevo juramento lo llevaba de vuelta… En esa ocasión por el bien de su madre.

La idea le provocó náuseas en el estómago. Agarró la aldaba con forma de cabeza de oso. Bajo aquella feroz tormenta no iba a recorrer a pie los quince kilómetros hasta Black Hills. Las náuseas se le aliviaron al recordar que no estaría allí mucho tiempo, solo lo necesario. Volvió a llamar y esperó. Si fuera su hogar no tendría que esperar a que le abrieran. Se había marchado como un joven atolondrado y ambicioso y volvía como un adulto después de haberse labrado su propio éxito. Pero por desgracia no tendría la satisfacción de restregarle sus logros a su abuelo, porque James Blackstone estaba muerto.

El pomo se movió y la puerta se abrió hacia dentro con un chirrido. Un hombre alto y erguido a pesar del pelo gris y escaso parpadeó un par de veces como si no confiara en la visión de sus viejos ojos. Aiden se había marchado de casa con dieciocho años, pero recordaba perfectamente a Nolen, el mayordomo de la familia.

—Ah, señorito Aiden, lo estábamos esperando —dijo el anciano.

—Gracias —respondió Aiden con sinceridad, y se acercó para clavar la mirada en los azules ojos del mayordomo. Otro relámpago iluminó el cielo, seguido casi inmediatamente por un trueno que hizo retumbar las paredes. La tormenta reflejaba la agitación interna de Aiden.

El mayordomo abrió la puerta del todo y la cerró después de que Aiden entrara.

—Ha pasado mucho tiempo, señorito Aiden.

El recién llegado buscó algún matiz de reproche en la voz del viejo, pero no encontró ninguno.

—Deje aquí su equipaje, por favor. Yo lo subiré en cuanto Marie haya preparado su habitación.

De modo que también seguía la misma ama de llaves que les había hecho galletas a él y a sus hermanos mientras lloraban la pérdida de su padre. Al parecer tenían razón los que afirmaban que en los pueblos pequeños las cosas no cambiaban nunca.

Aiden le echó un rápido vistazo al vestíbulo. Todo seguía exactamente igual a como lo recordaba, salvo la ausencia de una foto tomada mucho tiempo atrás, un año antes de la muerte de su padre, en la que aparecían sus padres, él con quince años y sus hermanos gemelos.

Dejó la bolsa de viaje y el ordenador portátil y, tras sacudirse las gotas de lluvia, siguió los silenciosos pasos de Nolen hacia la parte central de la casa. Su madre siempre había llamado «la galería» al corredor que rodeaba la escalera y que brindaba a las visitas una vista despejada de las barandillas y rellanos de los dos pisos superiores. Antes de que se instalara el aire acondicionado, la brisa que soplaba por aquel espacio hacía soportables las sofocantes tardes de Carolina del Sur. Aquel día las pisadas resonaban en las paredes como si el lugar estuviera vacío y abandonado.

Pero su madre estaba allí, en alguna parte. Seguramente en sus viejos aposentos. Aiden no quería pensar en ella ni en su lamentable estado. Habían pasado dos años desde la última vez que la oyó por teléfono, justo antes de sufrir un derrame cerebral. Después de que un accidente de coche la hubiera imposibilitado para viajar, llamaba a Aiden una vez a la semana… siempre cuando James salía de casa. La última vez que Aiden vio el número de Blackstone Manor en el identificador de llamada era su hermano para decirle que su madre había sufrido un derrame cerebral, provocado por las complicaciones de su parálisis. Desde entonces, no hubo más llamadas.

Se sorprendió al ver que Nolen se dirigía directamente a la escalera, con sus pasamanos de roble reluciendo en la penumbra como si estuvieran recién abrillantados. Las reuniones formales solían celebrarse en el estudio de su abuelo, donde Aiden había supuesto que se encontraría con el abogado para ocuparse inmediatamente de los negocios.

—¿No está el abogado? —preguntó, intrigado.

—Me han dicho que lo lleve arriba —respondió Nolen sin mirar atrás. ¿Acaso veía con recelo al hijo pródigo, como una amenaza desconocida que fuera a cambiar la vida que Nolen había llevado durante cuarenta años?

Pues sí, eso iba a hacer. Tenía intención de usar el dinero de su abuelo para proporcionarle a su madre los mejores cuidados posibles y que viviera más cerca de sus hijos. Lo vendería todo y después regresaría a Nueva York, donde solo lo esperaba la carrera que se había labrado a base de duro esfuerzo. No quería tener nada que ver con Blackstone Manor ni con los recuerdos que moraban entre aquellas paredes.

Entonces advirtió la dirección que tomaba Nolen y sintió que se le revolvía el estómago. Las habitaciones de sus hermanos y la suya ocupaban el tercer piso, mientras que en el segundo piso solo estaban los dormitorios de su madre y de su abuelo, a ninguno de los cuales estaba preparado para ver. A su madre solo la vería cuando se sintiera preparado. A su abuelo, jamás.

El abogado, Canton, le había dicho que James

había muerto la noche anterior. Desde entonces Aiden solo se había preocupado por hacer el equipaje y llegar hasta allí. Solo después de hablar con Canton afrontaría lo que le deparase el futuro.

–¿Qué ocurre, Nolen? –le preguntó al mayordomo al acercarse al dormitorio de su abuelo.

El mayordomo no respondió, recorrió los últimos pasos hasta la puerta y giró el pomo antes de echarse hacia atrás.

–El señor Canton está dentro, señorito Aiden.

El título de su infancia le resonó dolorosamente en los oídos. Aiden apretó la mandíbula y respiró profundamente. Era peor que lo llamaran señor Blackstone. Ni siquiera deberían tener aquel apellido, pero su madre había cedido a las exigencias del viejo James. El apellido Blackstone tenía que sobrevivir a toda costa, y a falta de herederos varones había exigido que su única hija le pusiera Blackstone a sus hijos, rechazando el legado que el padre de Aiden hubiese querido.

Aiden sacudió la cabeza y entró en la habitación. Hacía calor, a pesar de la tormenta. Dirigió la mirada a la inmensa cama de columnas con dosel morado y el corazón le dio un vuelco. Observándolo desde la cama estaba su abuelo. Su abuelo muerto.

Se quedó inmóvil mirando al hombre incorporado en la cama que lo examinaba con ojos penetrantes. Estaba mucho más delgado y frágil, pero seguía irradiando la misma autoridad.

Lo observó fijamente unos segundos. Con James no había mejor defensa que un buen ataque.

–Sabía que eras un hueso duro de roer, James, pero no que pudieras volver de entre los muertos.

Su abuelo esbozó una media sonrisa.

–De tal palo, tal astilla.

Aiden se abstuvo de responder al tópico y añadió un nuevo dato de información a su arsenal: James tal vez no estuviera muerto, pero su voz áspera y temblorosa, junto a la palidez lechosa de su otrora bronceada piel, evidenciaba su delicado estado de salud. Se preguntó por qué no estaba en el hospital, aunque tampoco hubiera ido a verlo de haber sabido que estaba enfermo. Se había jurado que no volvería a poner un pie en Blackstone Manor hasta que su abuelo estuviese muerto.

Algo que el viejo sabía muy bien… La furia le cegó, pero se obligó a calmarse. Respiró profundamente y vio a la mujer que se acercaba a la cama con un vaso de agua. James la miró con el ceño fruncido, molesto por la interrupción.

–Tienes que tomarte esto –le dijo ella en tono amable pero firme. Tenía el pelo largo y ondulado, de color castaño oscuro, y un rostro de facciones elegantes. Un uniforme sanitario azul definía un cuerpo esbelto con las curvas adecuadas, algo en lo que Aiden no debería estar fijándose en aquellos momentos.

Intentó apartar la mirada, sin éxito. La mujer miró a James con dos píldoras blancas en la mano. Y entonces Aiden la reconoció.

–¿Intrusa? –preguntó, sin darse cuenta de que hablaba en voz alta.

La mujer se quedó inmóvil y James dijo:

–Veo que te acuerdas de Christina…

Desde luego que la recordaba. Y por su rígida postura intuía que ella recordaba su apodo. Christina lo miró con la misma expresión testaruda de cuando eran niños y él la apartaba de su lado como si fuera una mosca, una mocosa que siempre buscaba la atención. Hasta la última vez, cuando Aiden se burló cruelmente de ella por entrometerse en una familia que no era la suya, y sus lágrimas se le habían quedado a Aiden permanentemente grabadas en la conciencia.

–Aiden… –lo saludó con un simple asentimiento, antes de volverse hacia James–. Tómate esto, por favor –parecía elegante y serena, pero se percibía su fortaleza bajo la ropa. ¿Sería también sexy sin aquel atuendo?

No, no podía pensar en esas cosas. Su política de aventuras de una sola noche descartaba cualquier tipo de lazo, y aquella mujer llevaba «compromiso» escrito en la cara. Él no se quedaría allí el tiempo suficiente para averiguar nada de nadie.

James aceptó las píldoras con un gruñido y se las tragó con el agua.

–¿Ya estás contenta?

–Sí, gracias –respondió ella sin inmutarse.

Aiden la siguió con la mirada mientras se dirigía hacia la ventana, antes de volver a fijarse en la cama que dominaba la habitación.

–¿Qué quieres?

Su abuelo esbozó una media sonrisa.

–Directo al grano. Siempre me gustó ese rasgo de ti, chico –hablaba con voz lenta y pausada–.

Tienes razón. Será mejor empezar cuanto antes –se irguió un poco en la cama–. He sufrido un grave ataque al corazón, y aunque aún no estoy muerto, este pequeño episodio...

–¡Pequeño! –exclamó Christina, pero James la ignoró.

–... me ha advertido de que es hora de poner mis asuntos en orden y asegurar el futuro de la familia –señaló con la cabeza a un hombre trajeado–. John Canton, mi abogado.

Aiden lo miró de arriba abajo. El hombre que lo había llamado...

–Debe de pagarte muy bien para mentir acerca de la vida y la muerte.

–Solo me estaba complaciendo, dadas las circunstancias –respondió James por él, sin mostrarse arrepentido en absoluto–. Tienes que estar en casa, Aiden. Tu responsabilidad es cuidar de la familia cuando yo muera. Canton...

Aiden frunció el ceño mientras su abuelo volvía a recostarse, como si no tuviera fuerzas para mantener su papel de implacable tirano.

–Como ya te ha dicho tu abuelo, soy su abogado –Canton le tendió la mano y Aiden la estrechó. Su apretón era fuerte, quizá compensando su delgada constitución–. Durante más de cinco años he estado manejando los asuntos de tu abuelo.

–Mis más profundas condolencias.

El abogado pestañeó con asombro tras sus gafas y James levantó la cabeza con irritación.

–Hay cosas que necesitan atención inmediata, Aiden.

–¿Quieres decir que vas a arreglarlo todo para que las cosas sigan siendo como tú quieres?

James consiguió incorporarse ligeramente.

–He sido el cabeza de familia durante cincuenta años y sé lo que es mejor para ella, a diferencia de un holgazán que se larga a las primeras de cambio. Tu madre… –se echó hacia atrás con un gemido ahogado y empezó a temblar.

–Christina –la llamó Canton.

Ella corrió hacia la cama y le tomó el pulso a James. Aiden se fijó en el temblor de sus dedos y supo que el viejo no le era indiferente, sobre todo cuando le sostuvo la cabeza para que bebiera agua.

–Deberías estar en el hospital –dijo él. El corazón se le había acelerado a pesar del esfuerzo por permanecer impasible.

–Se negó a recibir tratamiento y dijo que si iba a morir sería en Blackstone Manor –explicó Canton–. Christina ya vivía aquí y pudo seguir las instrucciones de los médicos.

James recuperó la respiración y permaneció recostado y con los ojos cerrados. Pero era Christina quien inquietaba a Aiden. ¿Solo estaba allí como enfermera o había otra razón?

Christina volvió a alejarse de la cama, pero no demasiado. Aiden apenas pudo distinguir su figura, apoyada en la pared con los brazos cruzados. Su presencia lo desconcertaba y distraía, pero tenía que concentrarse en la inminente batalla que iba a desatarse.

–Tu abuelo está preocupado por la fábrica… –empezó Canton.

–Me importa un bledo la fábrica. Por mí como si la demuelen o la queman.

Su abuelo endureció el rostro, pero Aiden no iba a defender el negocio por el que James se había desvivido en detrimento de las necesidades emocionales de su familia.

–¿Y el pueblo? –preguntó Canton–. ¿No te importa la gente que trabaja en Blackstone Mills? Estamos hablando de varias generaciones. Amigos de tu madre, chicos con los que fuiste al colegio, sobrinos de Marie…

Aiden apretó la mandíbula. La fábrica había funcionado desde hacía siglos, comenzando como una simple desmotadora de algodón. Actualmente era un referente en el mercado algodonero, especializado en ropa de cama de primera calidad. James podía ser un tirano, pero había hecho que el negocio prosperara incluso en tiempos de crisis.

–No quiero hacerme cargo. Nunca he querido –se acercó a la ventana para mirar a lo lejos entre la lluvia. La tensión le agarrotaba el cuello.

Pero era la presencia de Christina lo que poco a poco iba adueñándose de su atención, a pesar de no estar hablando con ella. ¿Qué hacía allí? ¿Cuánto tiempo llevaba en la mansión? ¿Alguna vez en su vida había encontrado su lugar? Una creciente emoción le incrementó la tensión de los músculos y le provocó dolor de cabeza.

–Sabías que esto acabaría pasando –le dijo a su abuelo–. Tendrías que haber vendido la fábrica o haberla dejado en manos de otra persona. En uno de mis hermanos.

–No es responsabilidad suya –insistió James–. Tú eres el primogénito y te corresponde a ti… Y ya va siendo hora de que aprendas cuál es tu lugar.

–El señor Blackstone quiere que la fábrica siga siendo una institución familiar que ofrezca empleo al pueblo –intervino Canton, como si pudiera intuir la furia que ardía en el interior de Aiden–. Los únicos compradores potenciales quieren derribarla y vender el terreno.

–Ah, el eterno nombre de los Blackstone –se burló Aiden–. ¿Habéis pensado ya en un monumento?

–Haré lo que tenga que hacer –dijo una voz cansada pero firme desde la cama–. Y tú también.

–¿Cómo piensas obligarme? Ya me fui de aquí una vez, y estaré encantado de volver a hacerlo.

–¿En serio? ¿Crees que sería lo mejor para tu madre? –preguntó James, pero no le dio tiempo a responder–. Me he pasado toda la vida trabajando para continuar el legado de mi padre. No voy a permitir que todo se eche a perder por tu culpa. Vas a cumplir con tu deber, te guste o no.

–De eso nada. Por lo que a mí respecta, el nombre de los Blackstone puede desaparecer para siempre.

–Sabía que reaccionarías así –dijo su abuelo con un suspiro–. Por eso tengo una oferta que no podrás rechazar.

Christina escuchaba horrorizada la discusión de los hombres. Aiden seguía con la mirada los movimientos del abogado, pero ella no dejaba de mirarlo a él. Una impenetrable máscara de orgullo y rebeldía ocultaba cualquier atisbo de emoción, y sus anchos hombros y fuertes brazos le recordaban a Christina su arrebatadora virilidad.

¿Podría un hombre tan varonil enfrentarse a las artimañas de James y salir victorioso?

—¿Podrías resumírmelo? —le preguntó Aiden al abogado en un tono cortante y autoritario. Christina sintió un escalofrío en la espalda.

Esa vez Canton no miró a James en busca de permiso, sino que carraspeó y siguió hablando.

—Tu abuelo lo ha dispuesto todo para cederte los derechos sobre la fábrica y Blackstone Manor.

—Ya te he dicho que no la quiero —espetó Aiden—. Véndela.

—El comprador interesado es un importante rival —explicó Canton—, quien la cerraría y vendería pieza por pieza, incluyendo el terreno donde se levanta la urbanización de Mill Row. Las cincuenta familias que viven allí tendrían que abandonar sus hogares y todo sería derribado.

—El dinero de la venta servirá para construir una espléndida biblioteca de derecho en la universidad —añadió James— No es el legado que tenía pensado, pero algo es algo. Sigue, Canton.

El abogado vaciló un momento.

—Si no aceptas el encargo, el señor Blackstone empleará su poder notarial para meter inmediatamente a su hija en el hospital público del condado.

A Christina se le escapó un grito ahogado. Se había ocupado de Lily durante cinco años, desde que obtuvo su título de enfermera, pero Lily había sido como una segunda madre para ella desde mucho antes. No podía tolerar que recibiera una atención deficiente.

–¿Qué le pasaría a mi madre allí? –preguntó Aiden.

James sonrió cruelmente.

–Christina, creo que tú trabajaste en el hospital público cuando estudiabas, ¿verdad? Cuéntale a Aiden cómo es.

Christina torció el gesto al imaginarse lo que debía de estar pensando Aiden. Solo alguien tan manipulador y egocéntrico como James pensaría que renegar de una hija inválida era la mejor manera de conservar su pequeño reino.

–En todos los años que yo llevo como enfermera ese centro ha obtenido una calificación muy inferior a la media y ha recibido numerosas quejas por negligencia, pero no se ha hecho nada al respecto porque es el único centro que acoge gratuitamente a ancianos y minusválidos.

–¿Quién te dice que no tengo suficiente dinero para desechar esa posibilidad? –preguntó Aiden en tono arrogante.

–Puedes intentarlo –dijo Canton–, pero tu abuelo tiene la última palabra ante la ley.

–Iremos a juicio y haremos que uno de mis hermanos tenga la custodia.

–Adelante, hazlo –lo animó James–. Pero ¿cuánto tiempo crees que se alargará el caso? ¿Meses? ¿Un año? ¿Sobrevivirá tu madre tanto tiempo en esas condiciones?

—¿Serías capaz de hacerle eso a tu hija?

Christina conocía a James desde que era niña y sabía de lo que era capaz. Su falta de compasión y remordimiento lo convertían en un ser extremadamente peligroso.

Lily estaba en coma, pero Christina estaba convencida de que a veces era consciente de su entorno.

—Desde luego que sería capaz —exclamó sin poder evitarlo. El fuego que ardía en los ojos de Aiden le provocaba escalofríos, aunque seguía sin mirarla.

—Maldito hijo de perra… —masculló él, lanzándole a James una mirada asesina—. ¿Cómo puedes usar a tu propia hija en tu diabólico juego?

James golpeó la cama con un puño exangüe.

—Esto no es un juego. Mi legado, la fábrica y este pueblo deben seguir adelante o todo habrá sido en vano. Es mejor que paguen dos que todo el pueblo.

—¿Dos? —preguntó Aiden con el ceño fruncido.

Canton levantó una mano para llamar la atención.

—Hay una cláusula adicional… O lo aceptas todo o nada —carraspeó—. Tienes que casarte y residir en Blackstone Manor un año. Solo entonces tu abuelo te eximirá de tus responsabilidades o podrás disponer de tu herencia, si ya ha fallecido.

Aiden tomó aire lentamente, pero al mirar a su abuelo pareció perder el control.

—No —espetó—. De ninguna manera. No puedes hacer eso…

–Puedo hacer lo que quiera, muchacho. El hecho de que no hayas visitado a tu madre en diez años no jugará a tu favor si decides ir a juicio para conseguir la custodia –la respiración se le hizo más pesada–. Te convendría controlar tu temperamento. Recuerda las consecuencias de tu último desplante.

Christina puso una mueca. Lily le había contado que la rebeldía de Aiden había impedido que tuviera contacto con su madre, lo que acabó teniendo graves repercusiones en la salud de Lily.

–¿Por qué yo? –preguntó Aiden–. ¿Por qué no uno de los gemelos?

James torció el gesto en una malvada sonrisa.

–Porque quiero que seas tú. Llevas en los genes la obstinación necesaria para llevar donde yo quiero a una nueva generación de la familia.

Christina se encogió. Nolen, Marie y Lily, los otros residentes de la mansión, no eran parientes suyos, pero sí lo más parecido a una familia que había tenido en su vida. No iba a permitir que la obsesión de James por controlarlo todo los echara a la calle. Estaba en deuda con ellos, y sobre todo con Lily. Si para saldar esa deuda y proteger a sus seres queridos tenía que ser una marioneta en manos de James, lo haría sin dudarlo. Su familia biológica le había enseñado al menos una valiosa lección en sus veintiséis años de vida: cómo ser útil.

–Todo está en regla –intervino el abogado–. O se casa y hace que la fábrica siga siendo rentable, o la señora Blackstone tendrá que marcharse inmediatamente.

—Lo tomas o lo dejas —lo presionó James.

Christina vio cómo Aiden se encorvaba ligeramente bajo el peso de la derrota.

—¿Y dónde se supone que voy a encontrar a alguien dispuesta a sacrificarse por la causa?

—Creía que se te daba bien buscar tesoros —dijo James, refiriéndose a la carrera de Aiden como marchante de arte.

—Nunca me ha interesado buscar esposa, y dudo de que alguna quiera seguirte el juego, abuelo.

Christina respiró hondo, sofocó las náuseas que le subían por la garganta y se apartó de la pared.

—Yo lo haré.

Capítulo Dos

–Una cosa más… –eran las últimas palabras que Christina quería oír en boca de James.

Miró con anhelo la puerta. Unos pocos pasos y sería libre…

Por el momento.

–Una relación platónica entre vosotros es del todo inaceptable. Mi propósito es que se perpetúe mi linaje, y eso no se puede conseguir durmiendo en habitaciones separadas.

A Christina se le congeló la sangre en las venas.

–Abuelo… –dijo Aiden–, puedes llevar un caballo al río, pero no obligarlo a beber.

–Querido muchacho, lleva un caballo al río unas cuantas veces y seguro que acabará teniendo sed.

Lo peor de todo era que James tenía razón. Christina solo había pasado media hora en compañía de Aiden, pero si innegable atractivo masculino no le resultaba indiferente. Claro que de ahí a acostarse con él, un completo desconocido…

Advirtió la tensión de los hombros de Aiden bajo su camisa empapada. El tiempo parecía haberse detenido, esperando a que alguien diera el siguiente paso. No sería ella, desde luego.

Aiden se giró hacia ella como si le hubiera leído el pensamiento y se acercó, mirando a su abuelo.

—Me niego a tomar una decisión semejante sin haberlo pensado antes a fondo. Volveré esta noche.

A Christina la intrigó aquella osada muestra de control mientras abandonaban la habitación. ¿Qué se escondía realmente bajo su desafiante fachada?

Consiguió mantener la pose hasta que la puerta se cerró tras ellos y se agarró a la barandilla del rellano para no desplomarse. La cabeza le daba vueltas. Acababa de ofrecerse para ser la mujer de Aiden Blackstone. Pero ¿cómo iba a cumplir la ulterior exigencia de James?

Oyó pisadas tras ella y se aferró con fuerza a la barandilla. Tenía que mantener la compostura y pasar el resto de la tarde sin derrumbarse. Se dio la vuelta y vio a Nolen y a Canton acercándose. El mayordomo parecía más inquieto que de costumbre, pero no dijo nada. Seguramente sabía todo lo que había acontecido en la habitación de James Blackstone. Él y Mary siempre se enteraban de todo.

—Todavía es temprano —oyó decir a Canton tras ella—. Si vamos ahora al tribunal testamentario a empezar el papeleo, podríais casaros dentro de una semana.

La mirada ceñuda de Nolen al abogado hizo que Christina se sintiera apoyada y protegida. Era extraño, porque normalmente era ella la que ofrecía protección.

–Necesito tiempo para pensarlo –les dijo a los dos hombres–. Y tengo que ver cómo está Lily.

–Está muy bien con Nicole –la informó Nolen, ofreciéndole su brazo a la vieja usanza. Christina se relajó y le sonrió, y Nolen le devolvió la sonrisa–. Pero nos pasaremos a verla si así estás más tranquila.

Christina aceptó el brazo y atravesaron el rellano hacia la otra ala de la segunda planta. Apenas había dado unos pasos cuando respiró hondo y se detuvo para mirar por encima del hombro.

–Aiden, ¿vienes a ver a Lily?

Él la observó sin moverse, ocultando todo atisbo de emoción.

–Más tarde –dijo secamente. Imposible saber si no iba a ver a su madre porque no se sentía capaz o simplemente porque no le importaba–. No voy a ninguna parte hasta que haya visto los documentos y haya hablado con mi abogado –le comunicó a Canton.

Canton asintió y empezó a bajar por la escalera. Aiden lo siguió, con una postura tan rígida que impedía cualquier acercamiento.

Nolen carraspeó con reproche, pero a Christina le parecía que Aiden se estaba protegiendo en su arisca soledad. Fuera como fuera, el mayordomo la hizo pasar a la habitación de Lily y Christina se olvidó momentáneamente de Aiden.

Una sensación de paz y sosiego la invadió nada más cruzar el umbral. La luz del sol iluminaba tenuemente el empapelado florido color lavanda y una alfombra ligeramente más oscura, ejerciendo el efecto contrario de la opresiva majestuosidad que reinaba en la otra habitación. Atravesaron el salón, donde el televisor estaba encendido con el volumen bajo, y entraron en el dormitorio.

Nicole, la nieta del ama de llaves, estaba sentada junto a la cama regulable que James había encargado expresamente. Al oírlos levantó la vista del grueso libro de enfermería que tenía en el regazo.

—¿Cómo está? —le preguntó Christina.

—Bueno… la tormenta no nos ha sentado bien a ninguna de las dos, pero después de hacer sus ejercicios se ha calmado —sonrió—. Sus constantes vitales son normales, aunque me he asustado al ver su reacción.

—Te sorprenderían las historias que cuentan las enfermeras de pacientes en coma. Es un tema de estudio muy interesante —Christina lo sabía muy bien, pues había estudiado todos los casos, libros y relatos que había encontrado al respecto. El derrame cerebral se había superado, pero sus secuelas no.

—Algún día serás una enfermera estupenda, Nicole —le aseguró Nolen con una cariñosa sonrisa.

—Yo también lo creo —corroboró Christina. Había animado a Nicole a estudiar en cuanto la chica empezó a hacerle preguntas sobre sus funciones. La joven acabó matriculándose en la universidad, muy cerca de la casa, y ayudaba a Christina con Lily por las noches y los fines de semana.

Christina se acercó a tomarle el pulso a Lily mientras Nicole y Nolen hablaban en voz baja de un problema que ella había tenido con el coche.

Le tocó la frente para comprobar la temperatura y observó los monitores. Realizada la rutina profesional, se inclinó para susurrarle al oído.

–Está en casa, Lily –suspiró–. No le gusta, pero de momento está aquí. Lo traeré a verte en cuanto pueda.

No hubo respuesta por parte de Lily, nada que hiciera pensar que la había oído. Sus pálidos rasgos permanecían siempre inmóviles y sus ojos jamás se abrían, pero Christina quería creer que se alegraba de saber que su hijo había regresado a Blackstone Manor, si bien no se alegraría en absoluto si se enterara de las maquiavélicas maquinaciones de su padre.

La llegada del ama de llaves la sacó de sus pensamientos.

–¿Qué es eso que he oído de una boda? –preguntó Marie, ataviada con un delantal en el que se leía: «Nadie como yo para calentar la cocina». La sexagenaria lo llevaba siempre que no hubiera peligro de que la viera James.

Christina ahogó un gemido. Las noticias volaban en aquella casa.

–Es más un acuerdo de negocios que una boda –explicó Christina–. Si es que finalmente hay boda… –no estaba del todo segura de que Aiden aceptara el trato.

¿Y ella, podría compartir una cama con él?

–Es una aberración, eso es lo que es –intervino Nolen–. Dos desconocidos contrayendo algo tan sagrado como el matrimonio…

–Y eso lo dice un soltero de toda la vida –bromeó Marie–. Además, no son desconocidos. Se conocen desde que eran niños.

A Christina le dio un vuelco el corazón al recordar la última vez que se encontró cara a cara con Aiden, cuando él tenía siete años. Siempre lo miraba desde lejos cuando ella iba de visita a Blackstone Manor, a veces con un anhelo mayor del que sentía por las atenciones de Lily, pero cuando se acercaba a él recibía el mismo desprecio que veía en sus padres. Aiden siempre la llamaba intrusa, y después de su último y cruel rechazo, Lily no volvió a acercarse a él.

–Os digo que es una aberración –insistió Nolen–. James los está manipulando. Solo quiere que Aiden se case por llevar a cabo sus malditos propósitos.

–¿Qué propósitos son esos? –preguntó Marie.

–Instaurar un legado, como si no hubiera hecho ya bastante daño en el mundo. Amenazó a su propia hija si no cumplían sus órdenes.

–Oh, seguro que no es para tanto –dijo Marie, pero miró con inquietud a Christina–. ¿Es cierto? ¿Te ha obligado a hacer algo en contra de tu voluntad?

–No. Me he ofrecido voluntaria. Y todavía no se ha decidido nada –pero ella sí que estaba decidida a cuidar de Lily. Y de todos los demás.

–Puede que nuestra Christina sea justo lo que Aiden necesita –comentó Marie, dándole a Christina un abrazo con olor a azúcar–. Estas cosas suceden por una razón, y nunca se sabe lo que puede suceder en un año.

Las palabras de Marie siguieron resonándole en la cabeza a Christina. Un año era poco o mucho tiempo, según se mirase. ¿Acabaría ella de una sola pieza o con el corazón destrozado?

Lo importante era que Lily estuviese bien cuidada, y ahí sí que podía confiar en Marie y los demás. Aquellas personas eran lo más parecido que había tenido a una familia desde que sus padres se divorciaron cuando ella tenía ocho años. O quizá desde siempre, porque ella nunca había tenido una verdadera familia.

De niña, su única función era servir a su madre para que esta le sacara todo el dinero posible a su padre. Fue así como aprendió el significado de la hipocresía: su madre le prodigaba toda clase de atenciones cuando su padre estaba delante y luego la abandonaba cuando ya no le era útil. Una dura lección que Christina había aprendido muy bien. Al cumplir dieciocho años se juró que nunca más volvería a vivir una situación semejante. Nunca más dejaría que se aprovecharan de ella.

¿De verdad estaba dispuesta a convertirse en un peón de James Blackstone?

–¿Cuándo vas a regresar? Esa Zabinski me está volviendo loca.

Aiden no quería pensar en Ellen Zabinski. Ya tenía bastantes problemas de los que ocuparse. Después de pensarlo durante veinticuatro horas, sabía lo que debía hacer. No quería hacerlo, pero no le quedaba otra opción.

–No voy a regresar.

El silencio sepulcral que se hizo al otro lado de la línea le habría resultado divertido si su situación no fuera tan desesperada. Trisha, su ayudante, jamás se callaba. Aiden esperó a que se recuperara mientras miraba por la ventana de su habitación. Comparó la exuberante y plácida vista del jardín con el continuo ajetreo de la ciudad. La mera imagen le provocaba sopor. ¿Cómo iba a renunciar a su vida, aunque solo fuera por unos meses?

Tenía mil razones para oponerse a aquella locura. Pero entonces vio a Christina cruzando el césped para hablar con el jardinero y se quedó sin aliento al ver su radiante sonrisa, su elegancia natural y sus esbeltas caderas.

Debería estar pensando en su madre, no en su enfermera. Pero la boca se le hacía agua al contemplar aquellas formas.

–¿Qué ocurre? –la voz de Trisha lo sacó de sus fantasías.

–Digamos que voy a pasarme una temporada arreglando asuntos de familia.

–Tu abuelo ha hecho el testamento, ¿no? ¿Por qué quiere que estés ahí?

–Sí, lo ha hecho, pero no sirve de mucho si aún está vivo.

Otro silencio de Trisha. Dos veces en una conversación. Milagro.

–No me estarás insinuando que me traslade a Carolina del Sur, ¿verdad?

–No, estaba pensando más bien en un ascenso y una ayudante para ti.

Tercer silencio, más corto que los anteriores.

–Déjate de bromas, Aiden.

–No estoy bromeando. Has trabajado muy duro y has mejorado tus habilidades de venta. Gran parte del trabajo la haremos mediante videoconferencia, pero los primeros contactos y las ventas dependerán de ti… Solo es algo temporal –le aseguró a su secretaria y a sí mismo–. Hasta que consiga la custodia de mi madre –esperó hasta que Christina desapareció de su vista y le resumió las demandas de su abuelo.

–Y yo que creía que los abuelos italoamericanos eran los más exigentes… Lo que me cuentas es un disparate. ¿Por qué quieres hacerlo?

–Al menos una esposa me servirá contra Ellen –dijo él, estremeciéndose al pensar en la loca que, después de compartir una simple noche de placer, había decidido que no era suficiente y que Aiden tenía que ser suyo a toda costa–. ¿Cuántas veces ha llamado a la oficina? –Aiden la había bloqueado en su móvil.

–Llama todas las tardes, y no me cree cuando le digo que no estás. Espero que no se presente en persona y me obligue a usar el aerosol de pimienta.

–Cuidado, no vayas a acabar en la cárcel.

–Descuida, mientras ella sepa comportarse…

Algo del todo improbable, pero Trisha sabía manejar con mucho tacto las situaciones difíciles.

–Haz lo que debas. Quizá sea buena idea pasar unos cuantos meses fuera de la ciudad. Mientras tanto, desvía las llamadas de los clientes a mi móvil.

Discutieron un par de detalles más y Aiden prometió mantener el contacto a diario. Llevar dos negocios en dos estados distintos no sería un paseo por el parque, pero estaba decidido a permanecer en Nueva York todo el tiempo posible.

Su abuelo tal vez le arrebatara su libertad, pero Aiden no permitiría que destruyera el fruto de su esfuerzo.

Capítulo Tres

Aiden agarró una de las galletas que Marie había dejado enfriándose en la cocina y analizó la situación. Su abogado no había encontrado manera de desenredar el tinglado que había montado James. No había nada que permitiera declararlo mentalmente desequilibrado, aunque siempre lo había sido, y cualquier procedimiento legal para conseguir la custodia de su madre llevaría demasiado tiempo. Aiden no quería arriesgar la salud ni el bienestar de una persona a la que tanto le debía.

Su enfado estaba, pues, justificado, pero cuando abandonó la cocina con el sabor del chocolate en la lengua supo que debía controlarse. Al fin y al cabo no era un crío con una rabieta ni un joven descocado. Era un hombre capaz de manejar operaciones millonarias como marchante de arte. Seguro que podía manejar a un viejo obstinado y una novia potencial… pero solo si conservaba la mente fría.

No oyó los pasos hasta que fue demasiado tarde. Se disponía a subir la escalera cuando levantó la vista y chocó con alguien que estaba bajando rápidamente. Un cuerpo suave y femenino que emitió un chillido al tambalearse. Los dos se habrían caído si Aiden no se hubiera echado inmediatamente hacia delante para no perder el equilibrio. Christina intentó echarse hacia atrás, pero el ímpetu la llevó también hacia delante y sus cuerpos quedaron firmemente pegados como uno solo.

Aiden se quedó paralizado, casi sin poder respirar. Al recuperar el aliento olió la fresca fragancia de los cabellos de Christina y no pudo resistirse a apretarla contra él y clavar las manos en su suculento trasero, enfundado en unos vaqueros.

Llevaba demasiado tiempo sin una mujer. Era la única explicación a aquel desconcierto. Su regla estricta de «sin compromisos» lo había llevado a una vida de encuentros pasajeros y aventuras de una sola noche, pero su última amante resultó ser la mujer equivocada. A Ellen Zabinski no le hizo ninguna gracia que se marchara a la mañana siguiente como si nada, y desde entonces Aiden no había vuelto a fiarse de ninguna mujer.

La oscuridad de la escalera aumentaba la sensación de intimidad, y lo único que se oía eran las respiraciones de ambos. Estaban tan cerca que Aiden sintió los temblores que recorrían el cuerpo de Christina y que se transmitían al suyo. Tardó bastante en reaccionar.

—¿Sigues buscando la manera de invadir mi territorio, Intrusa?

La pregunta tuvo el efecto deseado y Aiden sintió cómo la tensión reemplazaba la deliciosa suavidad del cuerpo de Christina.

Ella se apartó y apoyó una mano en la pared.

–Aiden... –su tono remilgado no ocultaba su dificultad al respirar–. Lo siento, no te he visto.

«Yo no lo siento en absoluto», pensó él.

–Y no estoy invadiendo nada, así que te agradecería que no volvieras a usar conmigo ese estúpido apodo.

Aiden siempre se había resentido de las atenciones que Christina recibía en Blackstone Manor. Tal y como él lo había vivido de niño, Christina había invadido la caótica vida familiar y se había hecho con la poca atención positiva que había en la casa. Y una calurosa tarde de verano él le había escupido una dolorosa acusación de la que siempre se arrepentiría.

–Estoy intentando ayudar, Aiden –dijo ella en voz baja.

Él tuvo que carraspear antes de volver a hablar.

–¿Por qué? No soy nada para ti.

–Ni yo para ti, pero me preocupo por Lily.

–Podrías ser la enfermera de otras muchas personas.

A pesar de la poca luz, Aiden vio la mirada asesina de Christina y se extrañó de no salir ardiendo por aquel fuego. En vez de eso sintió un soplo de aire cuando ella se movió en los escalones.

–Si te hubieras dejado ver por aquí en los últimos diez años, sabrías que Lily ha sido como una madre para mí. Desde que éramos niños –tragó saliva y bajó un momento la mirada–. Esto es lo que se espera de mí –añadió en un tono desprovisto de toda emoción.

–¿Te venderías por dinero a un desconocido?

¿Con la esperanza de que el viejo te dé un trozo del pastel a cambio de tu trabajo?

—No —declaró ella como una profesional—. No me estoy vendiendo, pero estoy dispuesta a sacrificarme por Lily. Como enfermera y amiga suya, estoy convencida de que es consciente de dónde está. Esta casa ha sido su santuario desde el accidente, y sacarla de aquí afectaría gravemente su estado físico y emocional. Sobre todo si él la mete en... —se estremeció— ese sitio. Haré lo que tenga que hacer para impedirlo. ¿Tú no?

Aiden cambió el peso de una pierna a otra.

—¿Crees que él le haría algo así?

Christina dejó escapar un bufido nada femenino.

—¿Acaso lo dudas? Con los años se ha vuelto aún más obstinado.

—Pues tú pareces manejarlo muy bien —dijo Aiden, recordando cómo le había dado la medicina.

—Solo me hace caso como enfermera porque tiene miedo de morir.

—Él no tiene miedo de nada.

—Todos tenemos miedo de algo, Aiden —su respiración temblorosa así lo sugería—. La muerte es lo único que James no puede vencer ni cambiar.

Incomprensiblemente, Aiden sintió una extraña afinidad. Christina tal vez pareciera delicada, pero estaba demostrando ser una chica muy lista. Y además tenían un vínculo en común: Lily. Él se sentía obligado a hacerlo por su madre, pero la devoción de Christina iba más allá de la amistad y el celo profesional. ¿Se debía a lo buena que había sido Lily con ella o había algo más? Aiden estaba dispuesto a averiguarlo.

El silencio debió de resultarle insoportable a Christina, porque hizo ademán de seguir bajando. Lo correcto habría sido echarse a un lado, pero el deseo por volver a sentir su cuerpo mantuvo a Aiden perversamente quieto.

–¿Aiden?

–¿De verdad estás dispuesta a hacerlo? –le preguntó con la respiración contenida. ¿Podría vivir junto a aquella mujer sin tocarla?

–No lo sé. No creo que pueda compartir una cama contigo.

Su voz revelaba su incomodidad, y él se imaginó haciéndola sentirse muy cómoda en una cama para dos.

–Tranquila. Ya se me ocurrirá una solución.

–¿Tenías otras candidatas para casarte? –le preguntó ella–. No te di tiempo a elegir.

Aiden había conocido a bastantes mujeres en los últimos diez años, a cada cual más atractiva, pero a ninguna le interesaba algo tan aburrido como el matrimonio. Siempre se había mantenido apartado de las mujeres sencillas y hogareñas.

–No –admitió, y se apartó para dejarla pasar–. No creo que pudiera pagarle lo bastante a mi secretaria para que se trasladara a este rincón del mundo y me aguantara las veinticuatro horas del día.

–Bueno… Tal vez no sea Nueva York, pero tenemos un cine, buenos restaurantes y un local de música country –evitó deliberadamente su mirada mientras él la seguía a la cocina–. No es que a mí me interese mucho, pero sobre gustos…

–¿Qué piensan tus padres de todo esto?

–¿Quién sabe? –«¿a quién le importa?», parecía insinuar.

Extraño. Todo lo que Aiden había visto desde su regreso le hacía pensar que Christina era el tipo de mujer que valoraba a la familia por encima de todo. Su delicado aspecto, su inquebrantable lealtad y su profesión eran sinónimos de matrimonio, hijos y un bonito hogar familiar. Razón de más para mantenerse alejado de ella.

Solo quedaba por resolver la cuestión de la cama.

Christina bajó con pies de plomo los escalones del juzgado de Black Hills. La tormenta de la noche anterior había dejado paso a una fresca brisa que agitaba los árboles de la plaza. Y ella se sentía igual de sacudida mientras seguía temblorosamente a Aiden y a Canton. ¿Sería por el tiempo o estaba en estado de shock por haber firmado los papeles?

–Es oficial –había dicho el juez con una amplia sonrisa, satisfecho por casar a un Blackstone.

En realidad, aún no era del todo oficial, pues la licencia de matrimonio aún tardaría una semana, pero Christina sabía que no iba a cambiar de opinión. No podía darle la espalda a Lily, quien tanto se había sacrificado por ella.

Unos hombres se les acercaron al pie de la escalera. Vestidos con camisas y vaqueros parecía exactamente lo que eran, un grupo de trabajadores del pueblo que se disponía a empezar su fin de semana en el bar de Lola´s.

–Vaya, vaya, mirad esto… Si es Aiden Blackstone, que vuelve de Nueva York.

Christina se estremeció. Jason Briggs era el tipo más engreído de Black Hills, la compañía menos apropiada en su actual estado de nervios.

–Jason –lo saludó secamente Aiden, quien no debía albergar muy buenos recuerdos de él.

–¿Qué estás haciendo aquí? No creo que sea una visita de placer después de tanto tiempo –desvió la mirada hacia Christina–. ¿O quizá sí?

Las risitas de sus amigos inquietaron a Christina. Aiden no parecía un tipo que se enzarzara en una pelea, pero Jason era conocido por abusar de hombres más débiles que él. Las diferencias entre ambos no podrían ser más claras. Con sus pantalones de vestir y la camisa metida por dentro parecía un profesional apuesto y sofisticado, mientras que sus negros cabellos estilosamente engominados y su expresión taciturna le conferían aquel aire creativo que seguramente hacía suspirar a las mujeres de Nueva York.

Pero en aquella situación era como comparar un barril de dinamita con unos simples petardos. Jason y sus hombres podían ser los peces grandes en aquel pequeño estanque, pero Christina no dudaría en apostar por el tiburón que invadía sus dominios.

–Estoy aquí para ocuparme de los asuntos de

mi abuelo ahora que él está enfermo –dijo Aiden tranquilamente, sin mencionar el verdadero propósito de su visita al juzgado.

–Incluyendo la dirección de la fábrica –añadió Canton.

El grupo empezó a murmurar, pero Jason zanjó las especulaciones.

–No creo que pueda hacer más que el viejo Bateman.

–¿Quién es Bateman? –preguntó Aiden.

Todos lo miraron en silencio hasta que Christina respondió.

–Bateman es el actual director de la fábrica.

–¿Qué os parece? –dijo Jason, alzando la voz–. Ni siquiera sabe quién es el director y cree que va a acabar con todo lo que está pasando.

–Seguro que sabré arreglármelas –repuso Aiden sin perder un ápice de compostura.

Jason le sostuvo un momento la mirada, seguramente intentando que Aiden bajara la suya. No lo consiguió y miró a Christina, un blanco mucho más débil. Ella tuvo que reprimir el impulso de ocultarse detrás de la fuerte espalda de Aiden. Jason era algunos años mayor que ella, pero se le había insinuado cuando eran adolescentes y no había aceptado de buen grado su rechazo.

–Supongo que tú lo habrás puesto al día, ¿no, encanto? ¿Es información todo lo que le das? –convencido de haber asestado unos cuantos golpes certeros, Jason decidió que ya había terminado con ellos y se llevó a su equipo.

Aiden los vio marcharse antes de preguntar.

–¿De modo que trabaja en la fábrica?

–Sí –respondió Canton, anticipándose a Christina–. Su padre trabaja en el departamento de administración, creo.

–No le servirá de nada si vuelve a hablarle así a Christina.

Sorprendida, Christina observó la severa expresión de Aiden. Nadie la había defendido antes, o al menos nadie había podido hacer mucho en su defensa. Que Aiden castigara a Jason por ella... No sabía cómo sentirse al respecto.

Frunció el ceño mientras el grupo se alejaba. Tal vez se pareciera más a su madre de lo que quería admitir. Ninguno de los hombres del pueblo le había interesado mucho, y menos los idiotas como Jason, que creían ser un regalo para las mujeres. Pero el aura de sofisticación y seguridad que envolvía a Aiden le provocaba serios estragos cada vez que lo miraba.

Al girarse hacia los hombres se encontró con la mirada de Aiden. Sintió que le ardían las mejillas y rezó por que no adivinara sus pensamientos.

–¿A qué se refería? –preguntó él.

–Bueno... –¿por qué se lo preguntaba a ella y no al abogado?–. Ha habido algunos problemas en la fábrica. Envíos que se retrasan o se pierden, maquinaria que deja de funcionar inesperadamente... Cosas así.

–¿Sabotaje?

–De ningún modo –intervino Canton–. Tan solo es una coincidencia.

–Algunas personas opinan que sí es un sabotaje

–dijo Christina. No quería mentirle a la persona que podría arreglar la situación–. Pero no hay ninguna prueba. La gente del pueblo empieza a ponerse nerviosa y a preocuparse por sus empleos…

Canton carraspeó y la fulminó con la mirada para hacerla callar.

–Todo irá bien cuando sepan que un Blackstone competente vuelve a estar al mando.

Pero Aiden seguía mirándola a ella, fija e intensamente. ¿Cuándo fue la última vez que un hombre la había mirado como a una mujer? Por desgracia, los negros ojos de Aiden no reflejaban el deseo que a ella le ardía en las venas. La suya era una mirada escrutadora, calculando hasta qué punto podría serle ella de valor.

Sí, ella podría ser útil a mucha gente, pero en particular a Aiden. Conocía el pueblo mucho mejor que él. Y Jason acababa de dejar claro que no sería fácil hacerse con la principal fuente de recursos. Los sureños tenían buena memoria y escaso respeto por los foráneos que pretendían imponer sus criterios.

A Aiden lo aguardaba un difícil reto, pero Christina tenía la sensación de que acababa de elegirla a ella para allanarle el camino.

Capítulo Cuatro

Christina disfrutaba leyéndole a Lily, ya fueran libros de poesía, revistas del corazón o novelas de misterio. Aquel día estaba contándole una historia que se desarrollaba en un pequeño pueblo como el suyo cuando oyó unos golpes procedentes de la habitación contigua. Se cercioró de que Lily estaba bien y dejó el libro para ir corriendo al vestidor, que comunicaba con la habitación de Christina.

Al abrir la puerta, sin embargo, se encontró con lo que parecía una pared acolchada.

Volvió a la habitación de Lily y salió muy enfadada al pasillo. Nolen estaba en la puerta de su dormitorio, con los brazos cruzados en el pecho.

—¿Qué pasa? —exigió saber ella, pero Nolen se limitó a sacudir la cabeza.

¿Qué se proponía Aiden? Nada bueno, pensó al entrar en la habitación.

—¿Por qué estás cambiando los muebles? —gritó. Aiden no tenía derecho. Sencillamente no podía campar a sus anchas sin permiso.

El caos reinaba en la habitación, con todos los muebles y la cama fuera de su lugar. Aiden estaba de pie en el centro, con unos pantalones de camuflaje y una camisa azul remangada, revelando unos fuertes antebrazos salpicados de vello.

–Ya pueden marcharse –les dijo a los mozos.

Christina abrió los ojos como platos y se le formó un nudo en la garganta cuando los hombres se llevaron su viejo colchón con ella.

–Gracias, Nolen –oyó que decía Aiden antes de cerrar la puerta.

–¿No crees que tendríamos que haberlo hablado antes?

Él se encogió despreocupadamente de hombros, aumentando el temor de Christina.

–¿Por qué? Dijiste que estabas dispuesta a hacer esto por mi madre.

–Sí, pero no compartir una cama.

Él guardó un breve silencio.

–James encontrará la manera de salirse con la suya.

–Sí, pero cuando nos vea casados, tal vez…

–Sabes tan bien como yo que no se conformará con menos de lo que exige, Christina. Pero no te obligaré a hacer algo con lo que no te sientas cómoda.

Ella observó el desorden de la habitación y se esforzó por no ponerse a gritar.

–Pues eso es precisamente lo que estás haciendo. ¡No me siento nada cómoda con esto!

–Cada uno tendremos nuestro lado, y dejaré mi ropa y mis cosas arriba. Solo seremos dos personas que duermen una al lado de la otra.

Christina no pudo reunir el coraje para mirarlo a la cara y comprobar si estaba hablando en serio.

–Oye –dijo él–, si vamos a hacer esto tenemos que hacerlo de verdad. O lo aceptas o te vas.

Christina miró hacia la habitación de Lily.

–No, lo acepto –concedió, mirando el enorme colchón que dominaba su pequeña habitación–. ¿No podrías haber comprado al menos dos camas?

–¿Y qué tendría eso de divertido? –preguntó él con una pícara sonrisa.

Christina estaba tan cansada que casi no podía ponerse el camisón. Había sido un día muy largo, y seguramente la noche fuera aún más larga. Entre los cuidados de Lily, la salud de James, el trato que había aceptado y Aiden, estaba al borde de una crisis nerviosa.

Su suspiro resonó en la diminuta habitación. Pronto sería la mujer de Aiden Blackstone, y la mezcla de pavor, deseo e inquietud que le bullía en las venas no le permitiría pegar ojo hasta entonces.

Por suerte estaba tan agotada que empezó a dormirse nada más apoyar la cabeza en la almohada, pero entonces oyó un ruido procedente de la habitación de Lily. ¿Sería Nolen o Marie examinando a Lily antes de acostarse?

Se destapó y puso una mueca. En los dos años desde el derrame de Lily había oído ruidos con frecuencia, a veces eran los otros que se pasaban a darle las buenas noches, a veces era una rama del roble que rozaba la ventana, otras los chirridos y crujidos que emitía la propia casa.

Y cada vez, una parte de ella ansiaba que fuese su amiga. Que Lily se hubiera despertado y fuera hacia ella para abrazarla y decirle que no pasaba nada, que no la culpaba por lo sucedido.

Pero ese momento nunca llegaría.

A través de la puerta entreabierta del vestidor oyó una voz ahogada.

–Hola, mamá.

¿Aiden? Que ella supiera no había ido a ver a su madre desde su llegada. Sin poder resistirse, se levantó y caminó de puntillas hasta la puerta.

Aiden estaba sentado en una silla, tenía la cabeza agachada y los hombros hundidos, como si cargara un enorme peso.

Entonces, levantó la cabeza y le regaló la atractiva imagen de sus recias facciones y barba incipiente. A Christina le llamó la atención aquella muestra de cansancio y dejadez en un hombre siempre tan impecable. ¿Le rasparía la piel si la besara?

–Lo fastidié todo, mamá. Me marché siendo un crío lleno de rabia y orgullo. No sabía lo que me costaría, a mí y a todos nosotros… Pero especialmente a ti –se pasó la mano por el pelo–. No me culpaste entonces y seguramente tampoco lo harás ahora. Así eres tú. Pero yo sí me culpo. Yo…

El gemido ahogado le llegó a Christina al corazón. No parecía estar llorando, pero su dolor era inconfundible. Quería ir hacia él y abrazarlo y decirle que su madre lo entendía. Dio un paso adelante, pero consiguió detenerse a tiempo.

«Intrusa». Aiden no quería su consuelo. Y si supiera el papel que había tenido en el accidente de Lily, no querría ni mirarla a la cara.

—Pero te prometo que te compensaré, mamá. Te quedarás en esta casa el resto de tu vida.

«Yo también haré lo posible», pensó Christina.

Aiden se levantó, pero no se acercó a la cama.

—El abuelo cree que esto es un juego y que él mueve las piezas. Pero no es así. Es un castigo. Habías estado conmigo antes del accidente. Fuiste a verme porque yo me negaba a pisar esta casa. Resistirme al abuelo era más importante para mí que tú —dejó pasar otro largo rato de silencio—. Lo siento, mamá.

Se giró y abandonó la habitación.

Christina no podía moverse. Se había quedado paralizada al descubrir que, si bien todo era un juego para James, para Aiden era algo mucho más profundo. Estaba dispuesto a implicarse a fondo, y si alguna vez descubría la responsabilidad que había tenido Christina en el accidente de Lily, sería ella la que perdería más que nadie.

Capítulo Cinco

Una semana después de haberle hecho la promesa a su madre le llegó la licencia de matrimonio, y Aiden se recordó que era lo máximo que podía hacer por su madre, y podría garantizar su bienestar y el del pueblo.

El problema era Christina. El encontronazo en las escaleras y la pasión con que ella se había enfrentado a él en el dormitorio lo acuciaban a disfrutar de todo lo que pudiera ofrecerle. Lo cual hacía necesario establecer algunas reglas básicas con su futura novia para que ambos supieran a qué atenerse.

Siguiendo las indicaciones de Marie, encontró a Christina en el jardín trasero, entre los lirios en flor de su madre. Estaba sentada en un banco de hierro y madera, a la sombra de un pequeño cerezo silvestre.

–Mira, Christina, en relación al matrimonio deberíamos empezar por...

–Buenas tardes, Aiden –lo saludó ella, entornando los ojos–. ¿Quieres hacerme compañía? –le señaló el banco que tenía enfrente.

–Estamos hablando de algo serio, Christina. Es un acuerdo de negocios que...

–Aiden –imitó su tono severo–, en el sur no hacemos negocios de esa manera, ¿o es que lo has olvidado? Deja de comportarte como un cretino y siéntate.

Aiden sintió una mezcla de disgusto y admiración, pero fue la altiva mirada de Christina lo que le provocó una reacción corporal no muy apropiada. Era la misma mirada implacable que le había echado a James.

Él se había convertido en un neoyorquino, pero no había olvidado la hospitalidad sureña e hizo un esfuerzo por sentarse.

–¿Cómo te encuentras esta tarde, señorita Christina? ¿Estás preparada?

–Supongo –respondió ella, apartando la mirada–. No creo que las novias de verdad lleguen a estar preparadas del todo.

–Todo habrá acabado muy pronto. Antes de que te des cuenta yo volveré a Nueva York y tú volverás a ser libre.

–¿Qué quieres decir? –dijo frunciendo el ceño.

–¿No es evidente?

–Para mí no –se giró hacia él–. ¿Cómo va a acabar todo? ¿Cómo piensas ocuparte de tu madre y de la fábrica desde Nueva York? No puedes romper tu parte del trato, porque James…

–Cálmate –la interrumpió él–. Me ocuparé de que mi madre esté bien y de que un buen administrador se ocupe de la fábrica.

–¿Sin atenerte a la ley?

–James está jugando sucio. No puede esperar de mí un comportamiento impecable.

–Tu madre sí lo esperaría.

La observación de Christina le traspasó el alma. Tenía razón. Su madre siempre había esperado de sus hijos que tomaran el camino correcto, no el camino fácil.

–No te preocupes. Encontraré la manera de romper el acuerdo y arreglar este lío.

Un atisbo de dolor asomó brevemente en el rostro de Christina.

–Gracias.

–¿Podrías dejar de analizar cada palabra que digo y confiar en mí?

–No te conozco. ¿Por qué debería confiar en ti?

–Porque sé lo que hago. Mi abuelo cree ser más listo que nosotros. Nos está obligando a casarnos.

–En realidad, solo te está obligando a ti –repuso ella, recordándole la escena junto a la cama de su abuelo.

–¿Y vamos a permitir que se salga con la suya? Francamente, preferiría que el control estuviera en nuestras manos.

Ella asintió, al principio lentamente, pero luego con más determinación.

–¿Y qué propones exactamente?

–Que seamos como dos socios con unos cuantos objetivos claves. Sin presiones de ningún tipo.

Aquel acuerdo estaba destinado a facilitarle las cosas más a él que a ella. Por mucho que supiera que una relación íntima con aquella mujer sería un error fatal, no era ningún santo y no estaría solo en aquella cama. Y el sexo solo serviría para complicar aún más su marcha.

***

Ninguna mujer debería casarse con uniforme sanitario, aunque la boda no fuese de verdad.

No había tenido tiempo de cambiarse cuando James la requirió en el estudio. Creía que solo quería hablar de Lily o de su estado de salud, pero al entrar se encontró con un juez del pueblo. No le quedó más remedio que esperar estoicamente a que acabara aquel drama.

Aiden, en cambio, ofrecía un aspecto mucho más elegante con sus pantalones caquis, su polo negro y su pelo perfectamente peinado.

Estaba hecha un manojo de nervios y no sabía qué hacer. No había manera de evitar aquella boda, y salir corriendo del estudio no sería el comportamiento más apropiado en una novia. Lily le había enseñado a comportarse como una dama. ¿Serían los genes de su alocada madre, que intentaban abrirse paso?

–¿Estás bien? –le preguntó Aiden en voz baja–. No tenemos por qué hacerlo ahora, si no quieres.

Claro que tenían que hacerlo, aunque la tímida esperanza que brillaba en los ojos de Aiden la puso triste y por un momento deseó que todo aquello fuera de verdad.

–No, estoy bien.

Nolen apareció detrás de Aiden.

–¿Quieres que venga alguien en especial, señorita Christina? Puedo hacer una llamada.

Christina no supo si la expresión sorprendida

de Aiden se debía a la sugerencia de Nolen o a la posibilidad de que ella quisiera tener a alguien allí. Lo último que ella necesitaba era que uno de sus padres estuviera presente, y su hermano lo vería como una pérdida de su precioso tiempo. Además, cuanta menos gente lo supiera, mejor. Al menos por el momento, porque la verdad no tardaría en difundirse.

—No, Nolen. Toda la familia que necesito está aquí —miró a Aiden a los ojos—. Estoy lista.

El juez Harriman la miró fijamente unos segundos, como si conociera los secretos que ella intentaba ocultar a toda costa. Pero nadie los sabría nunca.

—Vamos allá —dijo James desde detrás del escritorio.

—Queridos amigos aquí presentes, nos hemos reunido hoy para unir a estas dos personas en sagrado matrimonio...

»Unid vuestras manos y repetid conmigo: Aiden, ¿aceptas a Christina como tu legítima esposa y prometes serle fiel en la salud y en la enfermedad, en la riqueza y en la pobreza, y amarla y respetarla todos los días de tu vida?

—Sí, acepto.

¿Era su imaginación o la voz de Aiden resonó en la habitación?

—Y tú, Christina, ¿aceptas a Aiden...?

«Por Lily».

—Sí, acepto.

—Con este anillo, yo te desposo...

En vez de mirar las alianzas doradas que apare-

48

cieron de repente, Christina se puso a hacer una lista de todas las cosas que tenía que hacer para Lily aquella tarde. Y al día siguiente. Y al otro.

Finalmente, el juez Harriman puso fin al suplicio.

—Por el poder que me confiere el Estado de Carolina del Sur, yo os declaro marido y mujer. Puedes besar a la novia.

Christina no había pensado en aquella parte. Por suerte, Aiden demostró tener más sentido común que ella. Le levantó el rostro mientras se giraba hacia ella y Christina se fijó en los detalles más nimios: el áspero tacto de sus dedos, la diferencia de sus estaturas, el suave roce de sus labios…

«Por mí».

Su cerebro dejó de funcionar y dejó paso a las sensaciones. Un fuerte hormigueo que no se había esperado y un calor abrasador que sí se esperaba. Pero fue el impulso de acurrucarse contra Aiden lo que la hizo apartarse.

—No ha sido tan malo como creías, ¿eh, chico? —se mofó James.

Christina recuperó la noción de la realidad y vio el disgusto reflejado en el rostro de Aiden mientras miraba a James y se lamía los labios.

—Dulce —dijo en tono inexpresivo—. Algo que nunca podrás entender, abuelo.

Christina sintió que se ponía colorada. Afortunadamente el juez ignoró los comentarios y procedieron a las firmas. Cuando todo estuvo oficialmente en regla, se abrió la puerta y apareció Marie… con una tarta nupcial.

–¿Pero qué has hecho, Marie? –le preguntó Christina, acercándose a ella con el pretexto de ayudarla.

–Qué pregunta… ¿Y a ti cómo se te ha ocurrido casarte con esta ropa? ¡Las bodas hay que festejarlas, cariño!

Christina se limitó a sonreír y cortar la tarta, esperando que Lily se sintiera orgullosa de ella.

Mucho rato después, estaba ayudando a recoger los restos cuando oyó que alguien entraba en la casa y un hombre apareció en el umbral.

Luke Blackstone. El hermano menor de Aiden. Un famoso piloto de carreras con una sonrisa que hacía estragos entre las mujeres y una sangre fría que no perdía en ninguna situación. Para Christina había sido como un hermano mayor adoptivo. Sus visitas eran las más frecuentes, por lo que nunca se perdió la amistad de la infancia.

–¿Qué estamos celebrando? –preguntó con su seductora sonrisa.

Vio a Christina, la tarta, a Marie y al grupo de hombres al fondo, y sus ojos azules se abrieron como platos cuando vio a su hermano. Solo tardó dos segundos en adivinar lo que ocurría.

Se abalanzó hacia la mesa de su abuelo y plantó las manos en la superficie de caoba, sin importarle que los papeles cayeran al suelo.

–¿Se puede saber qué has hecho? –exclamó.

Christina quería echarse a llorar. ¿Cuándo acabarían los horrores del día de su boda?

Capítulo Seis

–¿Puedes explicarme una vez más por qué estamos en un bar en tu noche de bodas?

–Al parecer, mi mujer cree que si estamos aquí evitaremos enfrentarnos al lecho nupcial que he puesto en su habitación.

–Con esa actitud preveo una noche de bodas bastante difícil. ¿Seguro que este matrimonio es real?

–Claro que lo es –y más tentador de lo que Aiden quería reconocer–. Cierto que es temporal, pero eso no cambia los requisitos.

Su hermano se puso serio.

–Simplemente trato de entenderlo. Procura que Christina no sea usada como un simple objeto.

–Gracias por preocuparte por mí, hermano.

–Vamos, tú sabes cuidar de ti mismo… aunque está claro que no lo haces muy bien.

La mirada entornada de Aiden no sirvió para intimidar a Luke.

–Además, si necesitaras nuestra ayuda nos habrías llamado. Jacob y yo habríamos venido en el primer avión. ¿Por qué no lo hiciste?

–¿Y que mis hermanos asistieran a mi derrota? Menuda reunión familiar hubiera sido.

–Aun así habríamos venido –insistió Luke.

Aiden asintió. Como si no tuviera ya bastantes problemas, el bocazas de Jason estaba yéndose de la lengua en una mesa detrás de ellos. La joven camarera no dejaba de mirarlos con preocupación, pero Aiden tenía demasiada clase como para enzarzarse en una pelea con alguien que, francamente, estaba por debajo de él.

Mientras Jason no entrase en un terreno demasiado personal, Aiden dejaría pasar por alto sus provocaciones. No quería comenzar su andadura en la fábrica despidiendo al hijo de un miembro del equipo de administración, y menos cuando ya debía de haberse corrido la voz de que iba a haber cambios en la principal fuente de ingresos del pueblo.

–¿Es verdad que el abuelo te va a poner al mando de Blackstone Mill? –le preguntó Luke.

–Ya lo ha hecho. Llevo varios días consultando informes y la semana que viene tengo una reunión con el director.

Siguieron comiendo en silencio y Aiden volvió a fijarse en una mesa en el otro extremo del local, al otro lado de la pista de baile, donde Christina disfrutaba de la velada con un grupo de amigas.

Una luna de miel debería comenzar en el lecho nupcial, no en un bar del pueblo y en mesas separadas. El suyo no era un matrimonio de verdad y debería olvidarse de camas y duchas compartidas, pero no podía dejar de mirar a su mujer y fantasear con ella. Su vestido sin mangas era demasiado elegante para un ambiente como aquel, pero Christina parecía encajar a las mil maravillas y prodigaba sonrisas a todo el que se paraba a saludarla. Su carácter amable y generoso la convertía en alguien muy apreciado en la comunidad.

Ojalá pudiera reservar para él una pequeña porción de esa cordialidad, en vez de salir huyendo en su noche de bodas...

–¿Qué planes tienes para la fábrica? –le preguntó Luke–. Por lo que dice Jason no parece que vaya a ser un camino fácil. Pero seguro que cuando te conozcan les caerás mejor que el viejo James.

–Aún no he diseñado una estrategia. Antes tengo que resolver lo que está pasando en la fábrica y nombrar a un gerente. Luego me largaré a Nueva York y seguiré con mi vida.

–¿Piensas ganarte su confianza para luego marcharte sin más?

–No, voy a ganarme su confianza para saber exactamente lo que el pueblo necesita. Un buen administrador sabrá mantener el orden, hacer que el negocio vaya viento en popa y mantener a raya a los payasos como Jason –apuntó a su novia con el vaso de whisky–. Christina será de gran ayuda para conseguir que la gente me acepte. Mira cuánto les gusta a todos.

–Sí –afirmó Luke–. La gente del pueblo la quiere mucho, pero para conseguir que te ayude tendrías que convencerla para estar en la misma habitación que tú... Y no te será fácil si seguís cada uno en un extremo del bar.

Una camarera se había parado a hablar con Christina mientras se golpeaba la pantorrilla con la bandeja vacía. Christina no se había percatado de la presencia de Aiden, ya que él había elegido expresamente un sitio para poder observarla sin que lo viera. Quería ver cómo se comportaba realmente, mostrando la parte de sí misma que a él le ocultaba. Pero aquella encantadora sonrisa y aquellos magníficos hombros al descubierto lo tenían encandilado.

Al día siguiente todo el pueblo sabría que estaban casados. Y Aiden sabía que la gente necesitaba creer que su matrimonio significaba algo. Al menos mientras él estuviera allí.

Se levantó y se dijo que estaba haciéndolo porque era lo mejor para su futuro.

–A por ella, tigre.

Aiden le dio un fuerte manotazo a su hermano, lo dejó frotándose el hombro y cruzó el bar en dirección al grupo de mujeres en el rincón. Sentía todas las miradas fijas en él, y a pesar de la música casi podía oír los murmullos de asombro.

Y entonces Christina lo miró, le mantuvo la mirada y el cuerpo de Aiden reaccionó al instante.

–¿Quieres bailar, Christina?

Los ojos se le abrieron como platos, llenos de pavor, y el rostro se le contrajo un momento antes de negar con la cabeza.

–¿Estás segura? –insistió él. Le tendió la mano y se fijó en que no llevaba puesto el anillo.

Esa vez ella aceptó y dejó que la levantara. Aiden la alejó del grupo de amigas, que se quedaron cuchicheando, y la llevó al otro extremo de la pequeña y abarrotada pista de baile. Apenas había espacio para moverse, pero Aiden solo quería que los vieran juntos y que el pueblo empezara a aceptarlos como pareja.

No lo hacía por abrazarla. Por supuesto que no.

Por desgracia, Christina no parecía dispuesta a colaborar. Estaba rígida como un palo y con todos los músculos en tensión. Aiden la acercó un poco más e intentó abstraerse del roce de sus cuerpos. Imposible. Era delicioso tenerla así...

—Puedes relajarte, Christina. Al fin y al cabo, estamos casados y este es nuestro primer baile.

Ella le clavó la punta de los dedos en las palmas.

—Lo siento. No es por ti. Es que no suelo bailar mucho.

Él la miró fijamente, aunque ella se empeñaba en mirar a lo lejos.

—¿Por qué pasas nuestra noche de bodas en un bar sin mí?

—No es una noche de bodas real.

La gran cama de matrimonio sugería lo contrario.

—¿Es eso lo que quieres hacer creer? —le preguntó, señalando con la cabeza a la multitud.

—No —se tropezó y se rozó contra él durante un segundo delicioso—. Es... No sé.

—¿Por qué has venido aquí esta noche?

Ella se encogió tímidamente de hombros.

No era una respuesta, pero Aiden no la presionó. No quería saberlo, aunque podía adivinarlo. Para alguien como Christina no debía de ser muy agradable compartir la cama con un desconocido, mientras que para él había sido su modus operandi durante años.

Le agarró las manos y se las puso en los hombros. Luego la rodeó con sus brazos, posando una mano en el borde del vestido y sintiendo por primera vez la piel que había estado codiciando.

Ella lo miró con ojos muy abiertos, pero poco a poco se fue relajando.

—Eso está mejor —dijo él, relajándose con ella—. No queremos que nadie piense que no te gusto. Todo el pueblo debe de haberse enterado ya de lo nuestro.

Ella sonrió y él se maravilló de lo cómodo que se sentía abrazándola y mirándola. Las alarmas sonaban en un rincón de su cabeza, pero quedaban ahogadas por el fragor de la sangre que le corría por las venas. Su mano actuó como si tuviera voluntad propia y le acarició la espalda descubierta, metiéndose bajo sus cabellos para encontrar el punto más sensible de la nuca. ¿Cómo sería repetir el beso de aquella mañana?

No, de eso nada. James estaría encantado si consumaran el matrimonio y le dieran otra generación para controlar. Pero Aiden no tenía intención de quedarse el tiempo suficiente para que eso ocurriera, por muy tentadora que fuese su mujer. No iba a dejar que su abuelo volviera a controlar su vida.

—No debes tener miedo de mí, Christina —murmuró con la boca pegada a su pelo—. No tienes que hacer nada que no quieras. Sé que no querías esa cama, pero alguien tenía que tomar la decisión. Solo intento cumplir los requisitos de James para que puedas quedarte con Lily.

Sintió el suspiro de Christina pegado a su garganta.

—¿Y tu forma de ser caballeroso es meter un colchón en mi cuarto sin mi permiso?

—Es un colchón muy cómodo, ¿verdad? —bromeó él.

Ella se apartó para fulminarlo con la mirada.

—Estoy hablando en serio, Aiden.

Él también se detuvo y miró seriamente sus ojos color chocolate.

—Te prometo que mantendré las manos quietas… A menos que me pidas lo contrario.

Ella entreabrió los labios, pero ninguna palabra salió de su boca. Su expresión reflejaba su conflicto interno, y Aiden entendió que no sabía si reprenderlo o aceptar su oferta.

Por suerte para ambos la canción terminó y la pista de baile se llenó de parroquianos listos para bailar el country. Pero *Boot Scootin´and Boogie* no los libraría de la larga noche que tenían por delante.

Capítulo Siete

Christina se había olvidado de la existencia de la cabaña. La última vez que se alejó tanto de la casa no pudo seguir avanzando por culpa de la maleza.

Pero Aiden se había encargado de reformar la pequeña cabina que Lily había mandado construir para él cuando era joven. El terreno que la rodeaba había sido desbrozado y se habían sustituido los viejos tablones del porche. En el interior sonaba música rock a todo volumen. Al girar la esquina vio un aparato de aire acondicionado bloqueando la ventana lateral.

Allí era donde Aiden había pasado los últimos días. Christina había estado evitándolo, a él y los recuerdos del bar, durante una semana. Las noches no habían sido fáciles, pero rara vez coincidían a la hora de acostarse o al levantarse, y durante las horas de sueño Christina se acurrucaba en un lado de la cama para evitar rozarse con Aiden.

Haría lo que fuese para que no se repitiera la noche de bodas. Aiden había entrado en la habitación justo cuando ella salía del baño con un pantalón corto de pijama y una camiseta holgada. La intensa mirada de Aiden la hizo meterse rápidamente en la cama. Pero cuando cerró los ojos como una solterona remilgada oyó los ruidos de Aiden al desvestirse y no pudo evitar imaginárselo semidesnudo.

Los días no eran mucho mejores. Luke había servido como amortiguador mientras estuvo en la casa, pero Christina se alegró cuando volvió a Carolina del Norte porque sus miradas especulativas la sacaban de quicio… Bastante tenía ya cuando se atrevía a mostrarse en público. En semejantes circunstancias no era extraño que Aiden necesitara un lugar para estar solo.

Al ver la valla que señalaba la división entre la finca de Blackstone Manor y los terrenos de la fábrica pensó que aquella cabaña era lo máximo que podría alejarse de ella.

Llamó a la puerta y esperó. La música que sonaba en el interior estaba tan alta que le atronaba la cabeza. Llamó otra vez, y al no recibir respuesta se atrevió a girar el pomo.

Aiden estaba de pie en el rincón más alejado de la puerta, de espaldas a ella. Una espalda desnuda y musculada que a Christina se le hizo la boca agua. El sudor le resbalaba por la columna y desaparecía bajo los pantalones cortos color caqui. Armado con un cincel y un martillo, esculpía un bloque de piedra con una concentración absoluta. Otras esculturas a medio acabar esperaban su turno en las mesas. El centro de la estancia lo ocupaba un armario bajo con la superficie llena de herramientas. Christina lo observó todo maravillada. Sabía que Aiden tenía una próspera empresa dedicada a la importación y exportación de obras de arte, pero no que él mismo las crease. Le dolió que no hubiera compartido aquella afición con ella, pero ¿por qué iba a hacerlo? Que ella deseara conocerlo no significa que él sintiera lo mismo.

Verlo moverse era como contemplar el arte en movimiento. La flexión de sus músculos recordaba las orquestadas ondulaciones de la superficie marina.

—Aiden —lo llamó, pero la canción de Nirvana ahogaba cualquier otro sonido en la habitación.

Se acercó y lo tocó en el hombro con la punta de los dedos. Solo pretendía advertirlo de su presencia, pero sus dedos bajaron por la espalda como si tuvieran voluntad propia.

Él miró por encima del hombro y su expresión se ensombreció al verla. Transcurrieron varios segundos antes de que se girara hacia el equipo de música para apagarlo.

—Te he llamado, pero... —intentó justificarse ella, con las mejillas ardiéndole, como si hubiera hecho algo malo.

Él dejó las herramientas en la mesa y la miró de frente, ofreciéndole una imagen espectacular de su torso desnudo. Christina tragó saliva y se obligó a mirarlo a los ojos.

—No pasa nada —dijo él en tono reservado—. ¿Qué puedo hacer por ti?

Ella miró alrededor, intentando no fijarse en su impresionante musculatura.

—Marie tenía un mensaje para ti, pero me ha dicho que aquí no hay teléfono. ¿No has traído tu móvil?

Aiden negó con la cabeza y agarró una toalla para secarse la cara y los brazos.

—Demasiada distracción.

Christina tragó saliva y desvió otra vez la mirada hacia las herramientas y los bloques de piedra.

—No sabía que esculpieras. Lily nunca me lo dijo.

—Nunca vio mi obra. No empecé a esculpir hasta después de su accidente. Me sirve para descargar la tensión.

—No soy una experta, pero parece la obra de un profesional —dijo ella, acercándose a la estatua de un caballo.

Sintió cómo él se acercaba por detrás.

—Lo es. Vendo mis obras como hacen otros muchos artistas. Hice que me trajeran los bloques de la cantera para trabajar en ellos hasta que mi ayudante y yo podamos enviarlos a Nueva York.

Una contundente explicación para recordarle que tenía una vida lejos de allí. No como ella.

—Me alegra que tengas tu obra… Me gustaría que te sintieras como en casa —cerró la boca y deseó haberse tragado la lengua. Le hacía parecer como un visitante, algo que no era y que ella no quería que fuese. Pero tenerlo tan cerca de ella, medio desnudo, le impedía pensar antes de hablar.

—Esta nunca será mi casa —declaró él rotundamente, y se apartó para apoyarse de espaldas en otra mesa de trabajo—. ¿Cuál es el mensaje?

–¿Qué?

–Has dicho que Marie tenía un mensaje para mí. ¿De quién? –el simple arqueo de sus cejas bastaba para excitarla.

–Ha llamado Bateman, el capataz. Le gustaría verte para hablar de la fábrica.

–¿Ah, sí? ¿Cuándo?

–Esta noche, después del trabajo.

–¿Quiere que nos veamos en la fábrica?

–Sí.

Aiden se puso a golpetear sus bíceps con los dedos. Estaba muy distinto aquel día, pero Christina no se atrevía a indagar y cambió de tema.

–¿Cómo sabes qué forma darle a la piedra? ¿Lo elige el cliente?

Se acercó a un bloque de piedra negra con vetas doradas a medio tallar. De momento solo se adivinaba el contorno de una cabeza humana, sin rasgos ni vida. Alargó la mano y palpó la piedra, fresca a pesar del calor que reinaba en la cabaña y contra el que nada podía hacer el aire acondicionado. La textura era basta e irregular, pero Christina se imaginó su suavidad y naturalismo cuando la obra estuviera completada.

–Es muy fácil –respondió Aiden finalmente–. Solo tienes que escuchar.

Christina giró la cabeza y lo encontró mirándola, o más bien mirando sus manos.

–¿Escuchar? ¿La piedra?

Él subió la mirada hasta sus ojos.

–Para cada artista es distinto. Casi siempre tengo una idea general, pero los detalles cambian según la composición y la complejidad de la piedra.

Christina había extendido las palmas sobre la piedra y se imaginaba a Aiden desbastándola meticulosamente hasta dar con el ángulo deseado, igual que se enfrentaba a la vida.

De repente sintió su calor varonil en la espalda y sus manos deslizándose por los brazos hasta cubrirle los dedos, que se curvaban sobre la piedra.

La respiración se le aceleró, se le erizaron los pelos de la nuca y el miedo y la excitación le desbocaron el corazón. Tal vez fuera un desconocido, pero su cuerpo lo necesitaba desesperadamente. Se había pasado las noches pensando en él, y cuanto más peligroso fuera ese anhelo más lo deseaba.

Él se inclinó hacia delante, atrapándola entre su cuerpo y la mesa de trabajo. Christina sintió el inconfundible bulto de su erección frotándole el trasero. Se arqueó hacia atrás, impulsada por un deseo más fuerte que sus miedos. Él emitió un gemido y hundió la cara en sus cabellos, muy despacio, como si actuara en contra de su voluntad. Incapaz de resistirse, Christina ladeó la cabeza para exponer el cuello a sus labios y se estremeció al sentir el calor y la humedad de su boca. Se puso de puntillas y él la rodeó por el estómago, incrementando la sensación de seguridad ante el peligro. Aiden siguió succionándole y mordiéndole la piel hasta llegar al hombro mientras deslizaba las manos hacia arriba, deteniéndose a escasos centímetros por debajo de los pechos.

«Por favor, no te pares», quiso gritar ella, pero se mordió el labio, pues no estaba lista para expresar sus deseos. Los pezones se le pusieron dolorosamente duros, y cuando él no se movió ella empezó a frotarse contra su cuerpo.

De pronto Aiden bajó las manos y la agarró por las caderas para detenerla. Por unos instantes ninguno de los dos se movió, hasta que Aiden despegó la boca de su hombro y la acercó al oído. Christina esperó con la respiración contenida, sospechando que no iba a gustarle lo que estaba a punto de oír.

–Christina… Tienes que irte –respiró profundamente mientras sacudía la cabeza–. Vete. Ahora.

La apretó una vez más antes de soltarla, pero ella no podía moverse. Y él tampoco.

Debería sentirse humillada por su rechazo, pero la prueba palpable de su excitación avivó el poder femenino que había enterrado en lo más profundo de su ser. Aun sabiendo que Aiden la dejaría en cuanto tuviera ocasión, quería correr el riesgo y que el deseo la consumiera. Quería que Aiden se dejara llevar y llegara adonde ningún hombre había llegado antes con ella.

Giró la cabeza y reunió todo su coraje para susurrarle:

–¿Y si no quiero irme?

–Entonces, tendré que esforzarme yo por los dos.

***

Horas después, Aiden conducía en silencio la camioneta de la finca por las afueras del pueblo, con Christina sentada a su lado. La tensión se palpaba en el aire, pero ambos la ignoraron mientras seguían las indicaciones hacia la fábrica. El terreno de la fábrica colindaba con las tierras de Blackstone Manor, pero para llegar hasta allí había que atravesar cientos de hectáreas propiedad de la familia. El camino los llevó junto a Mill Row, una urbanización construida expresamente para los trabajadores de la fábrica, y a través de los campos donde se cultivaba el algodón.

Cuanto más se acercaban a la fábrica, más despacio conducía Aiden. Había temido aquel momento desde su regreso, pero no iba a pensar en el motivo, y mucho menos explicárselo a la mujer que no dejaba de mirarlo. Ya tenía demasiado poder sobre él.

Además, si le confesaba sus nervios tendría que explicarle por qué le había pedido que lo acompañara. ¿Qué hombre querría parecer un gallina volviendo al lugar de sus traumas infantiles?

Había habido muchos cambios desde la última vez que estuvo. El aparcamiento había sido ampliado y asfaltado y una nueva alambrada rodeaba el complejo, además de contar con una garita. Pero para Aiden aquellas estructuras metálicas y las viejas chimeneas en desuso siempre representarían la opresora tiranía de su abuelo, aunque sostuvieran la economía del pueblo.

Un guarda los hizo pasar sin detenerse, pero mirándolos con extrañeza. Al aparcar, Christina se bajó y echó a andar, mientras que Aiden lo hizo mucho más despacio. Cada paso le suponía un enorme esfuerzo de voluntad. Ni su cuerpo ni su mente querían entrar en el edificio que se levantaba ante él.

–¿Estás bien, Aiden? –le preguntó Christina.

Él no respondió y siguió avanzando. Si se detenía, tal vez no pudiera continuar. Pero sus pasos acabaron deteniéndose de todos modos. Miró el edificio de oficinas contiguo a la fábrica y no pudo impedir que la respuesta brotara de sus labios, acuciada por la reconfortante presencia de Christina.

–No he vuelto a este lugar desde que murió mi padre.

La voz serena y suave de Christina atravesó la turbulencia que reinaba en su cerebro.

–Creo que encontrarás a mucha gente que recuerde a tu padre. Hizo grandes cosas por la fábrica.

Y esperaría que él también las hiciera. Aiden reanudó la marcha y se concentró en su propósito, no en el pasado que lo atormentaba. Al entrar fueron recibidos por dos personas. Un hombre con una chaqueta negra y aspecto de científico se adelantó.

–Señor Blackstone, el señor Bateman lo está esperando. Si es tan amable de seguirme, lo conduciré a su despacho.

–No, gracias. Antes quiero ver la fábrica.

El hombre pareció desconcertado, pero la mujer se adelantó con una sonrisa.

–Bienvenido, señor Blackstone. Soy Betty, la ayudante del señor Bateman. Si prefiere caminar por la planta le sugiero unos tapones para los oídos.

Aiden aceptó dos pares, le dio uno a Christina y echó a andar, seguido por los otros. Sentía todas las miradas fijas en él, pero se obligó a no apresurarse y tomó buena nota de lo que veía, haciéndole preguntas a Betty y hablando con algunos empleados de mantenimiento. Al salir de la planta de producción recorrieron un intrincado laberinto de pasillos hasta el edificio de administración. Allí Aiden se puso tan rígido que mantuvo la vista al frente, sin mirar los pasillos que iban dejando a cada lado. Finalmente llegaron a una puerta de cristal con la palabra «Dirección», y Betty los hizo pasar a un amplio despacho sencillamente decorado.

–Aiden, Christina, gracias por venir –los saludó Bateman. Le dio a Christina un efusivo abrazo, pero con Aiden fue mucho más reservado–. ¿Qué les ha parecido la fábrica? –su voz expresaba orgullo, pero también inquietud.

–Todo parece ir muy bien. La maquinaria ha sido renovada.

–A largo plazo es más rentable así –corroboró Bateman.

Aiden asintió, luchando contra la desazón.

–¿Cuánto tiempo lleva a cargo de la fábrica?

–Doce años. Aprendí del hombre que reemplazó a su padre.

Aiden volvió a endurecerse por la mención de

su padre, pero estiró el cuello para relajar los músculos.

–Ha hecho un buen trabajo.

Bateman los invitó a tomar asiento y Aiden hizo
que Christina se sentara pegada a él en el sofá. El
contacto de su muslo lo ayudaba a tranquilizarse.
Por una vez, la necesidad de estar cerca de ella no
tenía nada que ver con el sexo.

Mantuvieron unos minutos de charla hasta que
Aiden se puso serio.

–Antes de empezar me gustaría señalar algo.
Como seguro que ya sabe, hace años que dirijo mi
propia empresa en Nueva York, dedicada a la importación y exportación de obras de arte.

Tomó nota de la postura defensiva que adop-
taba Bate en el sillón. Betty se apoyó en el borde
de la mesa.

–Pero una fábrica, especialmente una como
esta, excede mi experiencia –continuó Aiden–. He
estudiado los informes de mi abuelo, pero le agradecería que me pusiera al corriente de las operaciones.

Siempre era mejor empezar haciendo preguntas que impartiendo órdenes. Bateman se relajó y
estiró los brazos a ambos lados del sillón.

–La fábrica opera a plena capacidad todo el
año, salvo los días festivos y los cierres puntuales
por labores de mantenimiento. Debe tener presente que la actividad abarca todos los sectores de
producción, desde las balas de algodón en bruto
hasta la confección de ropa de cama.

Continuó hablando de los beneficios, que empezaban a crecer tras la sequía del año anterior. Aiden escuchaba atentamente, pero en todo momento era consciente de la mujer que estaba a su lado. Era una sensación nueva para él, pues siempre había antepuesto el trabajo al placer. Pero a Christina era imposible ignorarla, y el efecto que ejercía en él no dejaba de crecer, ya fuera para bien o para mal.

–¿Hay motivos de preocupación a corto plazo? –preguntó.

–No, señor. Para saber las cifras específicas tendría que preguntar en contabilidad, pero gracias a las mejoras que introdujo su padre y a la reinversión de los beneficios la fábrica va bastante bien y tenemos una sólida lista de clientes. No hay motivos de preocupación a corto plazo –frunció ligeramente el ceño–. Al menos en el aspecto económico...

Aiden tuvo la impresión de que habían llegado al propósito de aquella reunión. Y Christina debió de pensar lo mismo, porque se inclinó hacia delante para preguntar.

–¿Hay algo que debamos saber?

El rostro de Bateman era una máscara impenetrable, y durante unos segundos no dijo nada, limitándose a mirar a Aiden.

–Tranquilo, Jim –volvió a hablar Christina–. No estaríamos aquí si Aiden no quisiera lo mejor para la fábrica y para el pueblo.

Aiden se preguntó de dónde sacaba aquellas confianzas, pero no corroboró las palabras de Christina. Bateman tendría que fiarse de él.

–Están sucediendo cosas extrañas en la fábrica –admitió el director–. Problemas de diverso tipo que afectan a la producción.

–¿Desde cuándo? –preguntó Aiden. La noticia no era nueva, pero quería detalles.

–Un año, aproximadamente –Bateman frunció el ceño–. Al principio eran cosas sin importancia, pero luego empezaron a ser más graves. Lo peor ocurrió hace poco. Uno de nuestros mayores proveedores, con el que llevábamos años trabajando, canceló un envío en el último minuto y se negó a atender más pedidos sin ningún motivo aparente. Tuvimos que retrasar una importante entrega a uno de nuestros mejores clientes.

–Si la fábrica adquiriese mala reputación las ventas caerían drásticamente –añadió Aiden, expresando directamente lo que insinuaba Bateman.

–La semana pasada sufrimos otro retraso por culpa de un fallo en las máquinas. El técnico cree que no fue un accidente.

–¿Algún sospechoso?

–El técnico no –respondió Bateman con una triste sonrisa–. Podría ser cualquier empleado con acceso al área… alguien del equipo de mantenimiento o del personal de limpieza. Pudimos resolver el problema a tiempo, pero si el responsable es quien creo que es hay motivos para preocuparse…

–Dígamelo –lo animó Aiden, posando distraídamente la mano a Christina en la espalda.

–Hará cosa de un año un hombre llamado Balcher hizo una oferta por la fábrica. Es un conocido empresario que se dedica a comprar las empresas de la competencia al precio más bajo posible para luego desmantelarlas y forzar su cierre.

–Eliminando la competencia…

–Exacto. Blackstone Mills es la única fábrica que se le resiste… Todavía. Pero si la seguridad de las instalaciones está en peligro… –se frotó la calva cabeza–. Alguien acabará sufriendo un accidente y entonces sí que tendremos un problema serio.

Aiden maldijo en voz baja. Aquel debía de ser el comprador potencial del que Canton había hablado. El implacable empresario que llevaría Black Hills a la ruina a menos que Aiden protegiera la rentabilidad de la fábrica.

–¿Qué piensa hacer al respecto?

–Aumentar la seguridad nocturna –respondió Bateman–. No quiero que cunda el pánico, pero hablaré con los encargados para que estén más atentos y sean más estrictos con la seguridad.

No había mucho más que se pudiera hacer.

–Veré qué puedo hacer para implicar a las autoridades.

–Me temo que es hora de avisar a la policía, pero lo único que tenemos es la palabra del técnico. No hay más pruebas.

Aiden se puso en pie.

–Si Balcher está sobornando al personal de la fábrica para sabotearla, nos enfrentamos a una grave amenaza. Por desgracia para Balcher, no soy alguien que se deje amedrentar fácilmente.

Bateman relajó la expresión y la postura. Estupendo, porque iban a tener que trabajar juntos.

Bateman lo observaba con un brillo en los ojos.

–Dígame, ¿por qué hace esto?

–¿A qué se refiere?

–No ha pisado este pueblo desde que tenía dieciocho años. Es evidente que no está aquí por voluntad propia.

–Muy listo –repuso Aiden. Se dejó caer en un sillón y cerró los ojos. No quería enfrentarse a los recuerdos que le evocaba el entorno. No quería pensar en lo sola que parecía Christina sentada allí sin él. No quería pensar en lo mucho que echaba de menos su calor corporal.

Pero Bateman no había terminado.

–¿Sabe? Yo estaba en el equipo de dirección cuando su padre sustituyó a James en la supervisión. Lo veía en acción todos los días, y fuera cual fuera el motivo que lo trajo aquí, su padre se quedó solo por una razón: la gente.

Aiden deseó responder con algún comentario ingenioso, pero tenía la mente en blanco.

–¿Qué está diciendo?

–Que ustedes dos son muy parecidos.

A Aiden le avergonzó reconocer que no lo eran. Solo se había preocupado de sus necesidades y deseos, sin pensar en nadie más hasta que regresó a Blackstone Manor. Su padre no estaría orgulloso del hombre en que se había convertido.

Tenía que salir de allí cuanto antes.

Capítulo Ocho

Lo último que Christina se esperaba de Aiden era que se disculpara y abandonara el despacho. Algo en su expresión la hizo salir tras él.

–¡Aiden! –lo llamó al ver que giraba en dirección contraria a la de llegada.

Él no se detuvo ni se volvió, y Christina tuvo que acelerar el paso para no perderlo por los laberínticos corredores. Finalmente, giró en una esquina y se lo encontró inmóvil, al acercarse advirtió que estaba temblando.

Al tocarle el hombro con el dedo él se volvió y se lanzó ciegamente hacia delante. Chocó con ella y los dos impactaron contra la pared, quedando Christina atrapada entre los brazos de Aiden. Su aliento le acariciaba el pelo, avivando la necesidad de abrazarlo y acariciarle la espalda hasta que se calmara.

–¿Qué ocurre, Aiden?

–Tengo que salir de aquí –masculló.

–Pues volvamos a…

–No.

Sus puños apretados y su cuerpo en tensión revelaban la lucha que mantenía con algo que estaba provocándole estragos.

–¿Por qué? –le preguntó dulcemente.

–No puedo –respiró hondo, sin mirarla a los ojos–. No puedo volver ahí, pero no puedo estar aquí.

Ella no entendía nada, de manera que hizo lo único que podía hacer. Le puso las manos en la cintura, aprovechado que él tenía los brazos levantados, y las metió bajo la camisa.

Él dejó de moverse y de respirar. Christina cerró los ojos y le envió mentalmente consuelo y sosiego como había aprendido en sus estudios de enfermería. Era lo único que podía hacer para ayudarlo a recuperar el equilibrio interno.

Él respiró más relajado, y Christina se atrevió a acercarse más y pegar el cuerpo al suyo.

–Dime qué ocurre –le pidió en tono amable.

Aiden siguió resistiéndose. Christina ladeó la cabeza hasta apoyar la frente en su pecho, junto al corazón, y volvió a enviarle energía.

–¿Que qué ocurre? –dijo él finalmente, con una voz cargada de ira y amargura–. Te diré lo que ocurre –se giró para señalar la puerta por la que había salido–. Él murió ahí –se estremeció–. Estaba saliendo de una oficina y cayó al suelo.

–¿Tu padre? –preguntó ella con un nudo en la garganta.

Aiden asintió débilmente y Christina sintió que a sus ojos afluían las lágrimas que él se negaba a derramar.

James era un canalla. No solo los había atrapado en un matrimonio que no querían, sino que había enviado a Aiden a su peor pesadilla.

Aiden no supo cómo consiguió salir de la fábrica y llegar a la camioneta. Lo único que quería era alejarse de allí antes de derrumbarse por completo.

Antes de volver a Blackstone Manor podía pasarse días y semanas sin pensar en su padre. Pero los recuerdos lo acosaban sin cesar, minando el control emocional que tanto le había costado conseguir y que no podía perder bajo ningún concepto. Y menos delante de Christina.

Conduciendo en el camino de regreso consiguió recuperar el control.

—¿Estabas allí cuando murió? —le preguntó Christina con la voz trabada por las lágrimas.

—Aquel verano me llevó muchas veces a la fábrica. Mi madre estaba muy ocupada con los gemelos y yo no hacía más que contrariar a mi abuelo, de modo que mi padre me puso a trabajar como recadero. Acababa de salir de una reunión y nos encontramos en la entrada. «Hola, hijo», fue lo último que dijo antes de sufrir el ataque.

Aparcó en el suelo de grava al llegar, junto al garaje. El golpeteo de las gotas contra el capó y el parabrisas se hizo más fuerte al apagar el motor. Ninguno de los dos hizo ademán de salir, y la intimidad creada por la oscuridad y la lluvia terminó por desatarle la lengua.

—Antes de venir aquí mi padre siempre tenía tiempo para mí. Era profesor de Economía en la universidad, pero James quería tener cerca a Lily y supongo que mi padre no pudo rechazar el sueldo que le ofreció para ocuparse de la fábrica.

«Emplea ese título en algo útil», fue el consejo de James, pero los anticuados métodos de su abuelo lo hicieron estar constantemente en desacuerdo con la estrategia de su padre.

—Betty nos ha enseñado algunas de las mejoras que introdujo tu padre —dijo Christina—. Parece que fue un buen director.

—Espero que mereciera la pena —repuso Aiden—. Seguramente fue el estrés y el duro trabajo lo que lo mató.

Permanecieron unos minutos en silencio. Aiden cerró los ojos y dejó que el sonido de la lluvia se llevara los malos recuerdos. Tenía que quedarse con los buenos momentos: su padre levantándolo en el aire, explicándole una teoría económica con manzanas y plátanos, sonriendo cuando alguno de los trabajadores elogiaba a Aiden…

Christina no le habló hasta que finalmente se relajó y abrió los ojos.

—¿Listo para echar una carrera?

Sonrió. Christina siempre parecía saber exactamente lo que necesitaban los demás, y si estaba en su mano dárselo así lo hacía. Era una sensación maravillosa, pero al mismo tiempo inquietante.

Asintió y los dos abrieron las puertas y echaron a correr bajo la lluvia. Aiden podría haber dejado atrás fácilmente a Christina, pero solo se adelantó lo suficiente para abrir la puerta y que ella pudiera entrar sin detenerse.

La cocina estaba a oscuras, y lo único que se oía en la casa era la lluvia en el tejado. Se quedaron de pie y chorreando en mitad del vestíbulo trasero, mirándose el uno al otro. Aiden no pudo reprimir una sonrisa al verla con el pelo empapado y la camiseta pegada a las curvas. Ella se la sacudió y se echó a reír, y él no tardó en imitarla.

—A Marie le dará un ataque cuando vea cómo hemos dejado el suelo de la cocina… —dijo ella.

—Y la escalera.

—Pues tú tendrás que subir más que yo, sigues teniendo la ropa en el tercer piso.

Y entonces hizo lo que sabía que no debía hacer.

—No hay problema —dijo, y sin dejar de mirarla a los ojos se quitó la camisa y la arrojó al suelo. Ella dejó de sonreír y bajó la mirada. Los pantalones no estaban tan mojados, pero Aiden le llevó las manos a la cremallera—. ¿No vas a hacer lo mismo?

Ella negó con la cabeza.

—¿Estás segura?

La mirada de Christina siguió los pantalones hasta el suelo y luego subió hasta los boxers, que no podían ocultar la reacción de Aiden a su interés femenino.

—¿Qué ocurre, Christina? ¿Tienes miedo?

Ella lo miró a los ojos, como si no supiera cómo tomarse la pregunta, y se quitó los zapatos antes de dirigirse a la puerta.

—No, estoy bien.

Antes de que él pudiera detenerla ya estaba corriendo hacia la escalera, dejando un reguero de agua a su paso.

No iba a dejarla escapar así como así. Era una tentación demasiado sabrosa, mucho mejor que la amargura que había probado aquel día.

La alcanzó en la escalera y la giró hacia él, haciéndole perder el equilibrio como la última vez. Se estremeció al sentir su ropa mojada en el pecho desnudo, pero no le importó.

–¿Tienes frío? –se burló ella, pero no logró ocultar sus propios temblores. Su fragancia a jazmín o a lavanda lo embriagó, tan delicioso que podría pasarse toda la vida oliéndola.

La observó en la penumbra. Sus exuberantes cabellos, rizados por la humedad, le protegían el cuello, delicado y vulnerable. El contorno de sus pechos se adivinaba bajo la camiseta. La atracción que Aiden llevaba sintiendo desde el primer día se desbordó como un torrente de fuego bajo la piel y arrasó el poco control que le quedaba.

–Ya no –susurró. Le sujetó la cara con las manos y se rindió a la fuerza del deseo.

Ella separó los labios y sus lenguas se encontraron, desatando un infierno en sus bocas. A Aiden se le escapó un gemido ahogado al sentir sus delicadas manos explorándole el pecho y se le escapó un gemido ahogado.

–Te deseo, Christina.

–Sí…

Antes de perderse en las sensaciones la levantó en sus brazos y la subió hasta el tercer piso. La tumbó sobre la colcha de su cuarto y le quitó la camiseta.

La desnudó con manos temblorosas, deleitándose con la visión de sus pechos, blancos y generosos. Luego pasó a su vientre, liso y suave, sus voluptuosas caderas y los rizos oscuros entre los muslos. Pero cuando le separó las piernas, ella se resistió.

—No —susurró.

—¿De verdad necesitas protegerte de mí, Christina?

Ella lo miró fijamente, aceptándolo en silencio, y Aiden le sujetó con firmeza las rodillas para que no pudiera volver a cerrarse. Agachó la cabeza y pegó la boca a su sexo. Su único objetivo era darle placer y perderse en la pasión que prometían los labios vaginales de Christina, su espalda arqueada, la sacudida de sus caderas…

El grito de Christina al llegar al orgasmo hizo que un deseo desesperado por penetrarla se apoderase de Aiden. Se echó hacia atrás y clavó las rodillas en el colchón, obligándola a separar más las piernas. Volvió a inclinarse sobre ella y le lamió el ombligo y las costillas.

—Por favor, Aiden…

Él la hizo esperar un poco más, mientras bebía ávidamente de sus labios y saciaba la sed que llevaba torturándolo desde que la vio el primer día.

Ella le exploraba frenéticamente el pecho con las manos y le clavaba las uñas con apremiante anhelo.

—Vamos —lo acució en tono desesperado.

Aiden acopló el cuerpo al suyo y se introdujo en la dilatada y empapada abertura. No podía pensar en nada. Solo sentir. Por unos instantes no existió nada más. Solo los dos moviéndose al mismo ritmo, perfectamente acompasados, las caderas de Christina llevándolo más adentro con cada embestida, empujándolos a un placer desconocido.

Él la miró y se quedó fascinado por sus ojos color chocolate, llenos de emociones y secretos. En ellos vio deseo y belleza, aceptación, promesa y arrebato. Ella le tocó la cara y el pelo mientras él se hundía hasta el fondo, preparándose para alcanzar el apogeo. Pero fue la expresión maravillada de Christina lo que le llevó al clímax y a la unión de sus almas. La tensión explotó desde su interior y lo dejó aturdido y exhausto, sin el menor resto de rebeldía o frustración. Consumido y saciado, se dejó caer sobre ella y se deleitó con aquellos momentos de paz y alivio.

Una pequeña sacudida de Christina lo devolvió al presente. Poco a poco recuperó la noción de la realidad. El silencio de la casa, la lámpara de la mesilla, la respiración entrecortada de Christina, el calor de su cuerpo envolviéndolo.

Volvió a endurecerse al sentir la piel sedosa que lo rodeaba, sin barreras que mitigaran la sensación...

¡Sin barreras!

Con un sobresalto se separó de ella y se levantó de la cama. La sorpresa de Christina hizo que tardara en reaccionar, ofreciéndole a Aiden la imagen de sus temblorosos pechos, de su pálida piel marcada por sus dedos y de aquel sexo en el que había encontrado una paz nunca antes vivida.

−¿Qué pasa?

–No he usado protección… –dijo él. Fue al armario y sacó ropa interior y unos pantalones–. No puedo creer lo que he hecho. ¿En qué demonios estaba pensando? –farfulló mientras se ponía una camisa. Se había pasado toda su vida evitando los compromisos, y muy especialmente la paternidad. Las imágenes de Christina embarazada le nublaban el entendimiento–. Dime que estás tomando la píldora. Miró por encima del hombro y la vio acurrucada en el centro de la cama–. Dímelo –repitió–. Dime que estás tomando la píldora.

Le puso una mano bajo la barbilla y le hizo levantar el rostro para mirarla a los ojos. No necesitó que le diera ninguna respuesta. Por la forma en que se encogió era evidente que no usaba ningún medio anticonceptivo.

–Maldita sea… –se echó hacia atrás con tanto ímpetu que a punto estuvo de caer al suelo.

–¿Qué te ocurre? –le preguntó ella.

–No es esto lo que había planeado… Ni lo que quería –hablaba más para sí mismo que para ella.

Oyó un crujido y vio a Christina de pie junto a la cama, cubriéndose con la colcha, muy tensa y erguida.

Ella se acercó al montón de ropa y la tomó en sus brazos.

–Está bien, entonces dime que no estás ovulando.

–No estoy ovulando –respondió ella cubriéndose con la ropa mojada.

Aiden le concedió una pizca de decoro antes de seguir presionándola.

–¿Me estás hablando en serio o solo dices lo que quiero oír?

Ella se giró cuando casi había llegado a la puerta.

–¿Eres idiota de nacimiento? –volvió a girarse para salir, pero él la agarró por el brazo.

–Christina, por favor. Admito que lo he empezado yo, pero no pretendía que tuviéramos un hijo que no queremos.

–¿Cómo sabes que yo no lo quiero?

Aiden se quedó paralizado.

–¿Estás diciendo que quieres que te deje embarazada?

–No, Aiden –negó ella tranquilamente–. Solo digo que siempre he querido tener hijos. Pero no te preocupes. Me ocuparé de todo

–No quiero tener hijos –insistió él–. Cuando esto acabe volveré a Nueva York. Si me quedara estaría en manos de James. Tengo que escapar.

Ella cerró los ojos y su rostro volvió a cubrirse con una máscara de hielo. Se apartó de él, dejando unos centímetros entre ellos, y Aiden empezó a echar de menos los momentos que acababan de vivir.

–Lo entiendo, Aiden. De verdad que lo entiendo. Y te prometo que conseguirás lo que quieres.

Abandonó la habitación con dignidad y elegancia, y él se encontró sumido en la vergüenza y la duda. El cuerpo le pedía a gritos que la siguiera mientras la cabeza le exigía mantenerse alejado de ella.

Capítulo Nueve

Christina se aferró a la barandilla para mantener el equilibrio y bajó la escalera con la cabeza bien alta. No se refugiaría en la habitación de Lily como una cobarde. Se enfrentaría a Aiden como la mujer fuerte y decidida que quería ser, no la ratita asustada que siempre había sido.

Por desgracia, los recuerdos de la noche anterior no se lo ponían fácil. Desde el momento en que su boca y la de Aiden entraron en contacto se vio arrastrada por la pasión que había anhelado toda su vida. Las sensaciones la desbordaron y fue incapaz de pensar.

Pero lo que realmente le llegó al alma fue la mirada de Aiden mientras se hundía en ella. En sus ojos vio al hombre que se ocultaba tras su imponente fachada, el mismo anhelo que ella por recibir amor y aceptación. La necesidad por demostrarse algo a sí mismo . Y mientras ella se esforzaba por mantener los ojos abiertos sintió que sus almas se fundían.

Respiró profundamente y entró en la cocina con serenidad. Aiden ya estaba sentado a la mesa, bebiendo café y leyendo el periódico. Nolen estaba junto a la puerta y la miró mientras le servía el café. Christina se puso colorada y se juró que nunca más volvería a tener sexo en aquella casa.

–¿Le apetecen unos gofres, señorita Christina? –le ofreció Nolen.

Christina no tenía apetito, pero cualquier cosa sería mejor que estar sentada en silencio.

–Sí, por favor. Y dale las gracias a Marie de mi parte.

Nolen asintió y se marchó, y Christina se echó abundante crema y azúcar en la taza.

–Christina, sobre lo de anoche… –empezó Aiden.

–No te preocupes. Fue una equivocación. No pasa nada.

–Pues claro que pasa algo. Siento haber…

Christina no supo si fue su mirada fulminante o el regreso de Nolen lo que hizo callar a Aiden, pero al menos no tuvo que oír más sobre el tema por el momento. Nolen se entretuvo más de la cuenta, antes de retirarse de mala gana.

–Estaré cerca por si me necesita –dijo en un tono más fuerte del necesario.

Su protector. Christina nunca había tenido uno, pero era una agradable novedad.

Aiden la observó mientras ella untaba los gofres calientes de mantequilla y mermelada de fresa. El olor debería hacerle la boca agua, pero le costó un gran esfuerzo llevarse un trozo a la boca.

–Tienes razón –dijo él–. Anoche dije muchas cosas que no debía decir. Supongo que estaba asustado…

–¿Supones?

–Pero quiero hacer esto bien. Durante los próximos meses tendremos que vernos mucho… y no quiero que se cree una situación incómoda entre nosotros. Por ello te propongo que…

–¡Nieto indigno y desagradecido! –la interrupción procedente del pasillo desconcertó a Christina. Al principio tuvo la horrible sospecha de que James había descubierto su aventura con Aiden, pero luego entendió lo que había dicho y se le formó un nudo en el estómago. Las peleas siempre habían sido frecuentes en aquella casa, y nunca terminaban bien.

James entró en la cocina, apoyándose pesadamente en un bastón.

–¿Me ves ya en la tumba, muchacho?

–Aún no –respondió Aiden con ironía. Se volvió hacia James y adoptó una postura relajada en la silla.

–Pero piensas que puedes ignorarme como si ya estuviera muerto y hacer lo que quieras con mis negocios, ¿no? –James estaba más exaltado que nunca y tenía espasmos en el brazo izquierdo–. ¿Creías que no iba a enterarme de tu visita a la fábrica? ¿No se te ocurrió pedirme permiso a mí, que todavía soy el dueño? ¿O es que intentas congraciarte con el director aprovechando que estoy demasiado enfermo para impedírtelo?

–¿Por qué ibas a querer impedírmelo? Me dijiste que debía hacerme cargo de la fábrica y eso es lo que estoy haciendo.

James le agarró por el brazo.

–James… –lo llamó Christina.

–¿Cómo, dejándome fuera? –James se balanceó y agarró con fuerza el bastón–. ¿Celebrando reuniones a mis espaldas? La fábrica sigue siendo mía.

Christina asumió su papel profesional como enfermera y se levantó. Ya no era la niña asustada que presenciaba las discusiones entre los miembros de la familia.

–James… –el anciano estaba pálido, pero las mejillas le ardían y se balanceaba peligrosamente.

Aiden también se levantó.

–No lo seguirá siendo por mucho tiempo, ¿recuerdas?

James se llevó una mano al pecho y Christina se acercó rápidamente.

–Por favor, James. El médico dijo que no debías alterarte. Vamos a tranquilizarnos y…

–¡Tú! –la furiosa mirada de James se posó finalmente en ella–. ¡Tú le estás ayudando a arrebatármelo todo! Deberías estar agradecida por todo lo que he hecho por ti, y sin embargo te dedicas a conspirar contra mí.

Christina no sabía el origen de aquella paranoia, pero tampoco importaba. En esos momentos James necesitaba calmarse y tomar su medicación.

–Debería haber sabido que no servías para este trabajo –espetó él–. ¡Llevas los genes de tu madre en la sangre!

Christina se quedó helada.

–Ya basta –la voz de Aiden resonó en la cocina–. Bateman quería vernos en la fábrica y por eso fuimos. Si quieres un informe lo tendrás esta tarde.

James farfulló algo incomprensible y el rostro

se le desencajó en una mueca de dolor. Christina dejó a un lado todas las emociones y se lanzó.

–James. Vamos a avisar al médico para que te vea enseguida. ¡Nolen!

James emitió un jadeo ahogado. El pánico se le reflejaba en los ojos.

–Todo saldrá bien –lo tranquilizó ella–. Nolen, llévalo al estudio y llama a una ambulancia.

–No –rechazó James–. Llévame a mi habitación y que venga el doctor Markham.

–Pero, James…

–He dicho que no. Nada de hospitales. Si voy a morir, que sea en Blackstone Manor.

Dos horas después su deseo se hizo realidad.

Aiden miró con desagrado el monstruoso monumento que James Blackstone había hecho levantar, y se dio la vuelta para alejarse de la cripta y del féretro de bronce. Christina se quedó para saludar a los que aún estaban en el cementerio. Todo el pueblo había acudido al funeral, como era de esperar. Los Blackstone eran muy conocidos y James habría esperado que todo el mundo le rindiera homenaje.

Su muerte y sus últimas palabras habían dejado a Aiden con un sentimiento de culpa del que no podía librarse. Justo lo que su abuelo habría querido. Las emociones de Aiden no tenían sentido, pero su abuelo le había dejado más de un legado indeseado.

Mientras subía la colina del cementerio la tensión que había soportado desde que entró en Blackstone Manor empezó a disiparse. Cuando llegó junto a sus hermanos, al pie de la sepultura, se sentía un poco mejor.

James Blackstone estaba muerto. Esa vez de verdad.

No era cuestión de celebrar su muerte, pero sin James era libre de hacer lo que quisiera. La custodia de Lily pasaría a él o a uno de sus hermanos, podría brindarle a su madre los cuidados necesarios y dejar la fábrica en buenas manos. Nada ni nadie quedaría desatendido, y él podría regresar libremente a Nueva York.

Una parte de él se rebelaba contra la idea de no volver a acostarse con Christina, pero la ignoró. A largo plazo sería lo mejor para ambos.

Se acercó a sus hermanos y abrazó a Jacob, el gemelo de Luke. Había acudido en cuanto Aiden le comunicó la muerte de James. Siendo director ejecutivo de una importante empresa de Filadelfia, serio y meticuloso, era todo lo opuesto a Luke. Los dos hombres eran idénticos, con sus trajes y pelo rubio, pero las semejanzas eran solo físicas. Cada uno tenía sus talentos y debilidades.

Hacía mucho que Blackstone Manor no era su casa, pero su hogar estaba allí donde estuvieran sus hermanos. A pesar de vivir en ciudades distintas, se reunían tres o cuatro veces al año para pasar varios días juntos. Aiden y Jacob se veían con más frecuencia, ya que solo los separaban dos horas en coche.

Miró la tumba de su padre por encima del

hombro de su hermano. Cuánto le gustaría hablar con él una vez más y recibir consejo… El instinto lo acuciaba a huir, pero cada vez rechazaba más la idea. Y eso le asustaba. Su madre no hubiera querido que dejara en la estacada a los habitantes de Black Hills, pero temía que no fuera aquella la única razón.

–Luke me ha puesto al corriente de todo –dijo Jacob–. Así que eres un hombre casado, ¿eh?

–No por mucho tiempo, espero.

–¿El trato no era por un año? Además, Christina es una mujer muy hermosa.

–Y que lo digas –corroboró Luke.

–El trato era por un año mientras James estuviera vivo –no quería pensar en Christina. Sus hermanos no tenían por qué saber hasta dónde había llegado con su mujer–. Ahora que se ha ido espero que haya algún modo de solucionarlo todo. Mañana nos reuniremos con Canton para la lectura del testamento, y luego pondré a mi abogado a trabajar en ello.

Jacob asintió lentamente, pensativo. Siempre había sido el que encontraba soluciones a todo. De niño era el más astuto cuando se trataba de transgredir las reglas de James, y como adulto se enfrentaba a operaciones multimillonarias como si fueran un simple acertijo. Aiden había estado a punto de llamarlo muchas veces en el último mes para preguntarle cómo salir de aquel atolladero.

–¿Y cuál es el plan? –preguntó Jacob.

–La custodia de mamá debería pasar a uno de nosotros. He pensado que cuando llegue el momento podríamos hablar con Christina sobre sus cuidados –y rezar por que ella no le escupiera en la cara cuando él se marchara. Estaba decidido a seguir adelante con su plan. Su lugar no estaba allí. Y empezaba a darse cuenta de que Christina merecía algo mucho mejor que aquel matrimonio forzado–. Sin James aquí podré visitar a mamá a menudo, igual que hacéis vosotros.

Se giró para observar a los últimos asistentes al funeral abandonando el cementerio, se quedaron Christina, Nolen y el encargado de la funeraria. Una ligera brisa le agitaba el vestido negro a Christina, ciñéndolo a sus muslos y caderas.

–Necesitaré ayuda para encontrar a alguien que se ocupe de la fábrica. Hace falta una persona con dotes de mando que pueda resolver los problemas y lo bastante duro para enfrentarse a Balcher. Alguien que se entienda bien con Bateman. La prioridad es encontrar a esa persona antes de que se produzca un accidente en la fábrica.

–Creo que yo podría ser esa persona –dijo Jacob.

Aiden lo miró con asombro, igual que Luke.

–¿Por qué?

–He estado pensando en volver aquí.

–¿Y dejar una próspera carrera que te hace ganar millones de dólares? Te lo vuelvo a preguntar: ¿por qué?

Jacob se encogió de hombros.

–Es algo personal, ¿de acuerdo? Solo quiero que lo hablemos y veamos si es una opción.

–Claro, pero quiero que estés muy seguro –Aiden se cruzó de brazos protegiéndose el pecho, donde la esperanza empezaba a brotar. Si Jacob se instalaba en Blackstone Manor, él podría volver a Nueva York sin problemas. Todo estaría resuelto.

¿Pero y Christina?

—No quiero que nadie se vea atrapado donde no quiere estar.

—¿Como tú? —intervino Luke, mirándolo de un modo que lo hizo sentirse incómodo.

Sofocó rápidamente la sensación. Desde el primer día le había dejado muy claras sus intenciones a Christina.

—Sí, como yo.

Capítulo Diez

Aiden entró en el estudio con el corazón acelerado y vio al hombre junto a la ventana. Se había quedado sorprendido cuando Nolen le comunicó quién lo estaba esperando. Leo Balcher había sido una obsesión desde la visita a la fábrica, y que se presentara de improviso en Blackstone Manor era un golpe de suerte. Quedaba por ver si buena o mala.

Observó a su rival unos instantes. Balcher apoyaba sus rollizas manos en los estantes a cada lado de la ventana y contemplaba las tierras como si ya le pertenecieran.

Se dio la vuelta cuando Aiden cerró la puerta y le dedicó una sonrisa excesivamente jovial. Por desgracia para él, Aiden nunca se había tragado la hipocresía sureña y no iba a empezar a hacerlo con Balcher. Aiden se había abierto camino por sí mismo en un mundo difícil, y juzgaba a los demás por el mismo criterio de esfuerzo y sacrificio.

Y también a las mujeres. Alguien como Christina estaba muy por encima de muchos de los miembros de la alta sociedad que había conocido en Nueva York. Y desde luego valía mucho más que aquel hombre.

Balcher cruzó la habitación con la mano extendida. Su traje azul marino y excesivamente ceñido a su oronda figura contrastaba con el polo y los pantalones caquis de Aiden, quien no pudo evitar una sonrisa al notar cómo Balcher se fijaba en su atuendo. En circunstancias normales Aiden jamás acudiría a una reunión de negocios vestido así, pero seguía siendo más elegante que la panda de gallitos perfumados a los que encontró en la entrada del juzgado.

–Señor Blackstone. Es un placer conocerlo.

–Por favor, llámeme Aiden –dijo él, resistiendo el fuerte apretón de manos.

–Este lugar es muy bonito, Aiden –comentó Balcher, en esa ocasión observando posesivamente el estudio, oscuro y agobiante con su macizo escritorio de caoba, sus pesadas cortinas y su espejo ornamentado–. Espero que la familia se encuentre bien, dadas las circunstancias.

Aiden se sentó en el sillón de cuero.

–Gracias –respondió en el tono más cordial que pudo–. Hacemos lo que podemos. ¿Qué puedo hacer por usted esta mañana?

–Creía que James le habría hablado de mí y de mi interés por Blackstone Mills.

–Me sorprende que haya venido a hablar de negocios apenas ha muerto mi abuelo.

Balcher ocupó otro sillón y se ajustó el nudo de la corbata.

–No hay por qué ser tan brusco… Simplemente me gustaría poner el asunto en marcha antes de que intervengan otras partes interesadas.

Aiden se inclinó hacia delante y apoyó los brazos en la mesa.

–Esta es mi forma de hacer negocios… Lo toma o lo deja.

Aunque quería marcharse de allí cuanto antes, jamás le vendería la fábrica a aquel hombre. La falsa amabilidad de Balcher no ocultaba su insaciable avaricia y falta de escrúpulos. Y bajo ningún concepto dejaría Aiden las vidas y el modo de sustento de todos los que dependían de él en manos de alguien que no le gustaba a primera vista.

–En ese caso, imagino que su abuelo le habrá informado de nuestras conversaciones sobre la compra de la fábrica y de todo lo relacionado…

–Marie me ha dicho que teníamos visita y he pensado en traer un refrigerio –dijo Christina, entrando en el estudio con una bandeja con té y pasteles. Aiden se alegró mucho de verla, a su pesar.

Podría pasarse mirándola todo el día, pero apenas la había visto desde el funeral. Salía de una habitación cuando él entraba y comía en el dormitorio de Lily mientras que él lo hacía con sus hermanos. Si seguía igual cuando Jacob y Luke se marcharan acabaría comiendo solo.

¿Y de quién sería la culpa?

–No será necesario, Christina. El señor Balcher no se quedará mucho tiempo.

–Oh… –los miró con unos ojos oscuros tan inocentes que Aiden supo que estaba tramando algo–. ¿Seguro que no le apetece probar uno de los deliciosos pasteles de Marie? Se deshacen en la boca.

La expresión de Balcher le hizo preguntarse a Aiden qué quería probar realmente, si los pasteles o a Christina. Un furioso arrebato se apoderó de él, pero lo sofocó a tiempo. No quería verla allí. Era una distracción para su propósito personal y profesional. ¿Sería capaz de decirle que se fuera?

—Creo que no nos han presentado —dijo Balcher, despejando la mesa para que Christina pudiera dejar la bandeja—. Soy Leo Balcher, el dueño de Crystal Cotton.

Christina le tendió la mano con una elegancia exquisita.

—Hola, yo soy Christina. La mujer de Aiden.

Balcher los miró a uno y a otro con ojos muy abiertos.

—Creía que todos los chicos Blackstone eran solteros. ¿De dónde ha salido una preciosidad como usted?

La irritación de Aiden crecía por momentos, sin saber a quién dirigirla realmente. ¿Qué demonios se proponía Christina?

—Christina es del pueblo —dijo, mirándola fijamente.

Balcher debió de verla entonces como una posible aliada.

—Ah, bien. Estábamos hablando de la compra de la fábrica.

Ella miró fugazmente a Aiden, quien finalmente lo comprendió. Christina había dedicado su vida a cuidar de Lily y estaba dispuesta a cargarse el peso de todo el pueblo sobre los hombros. Aiden le había dicho que trabajarían juntos, y en vez de avisarla había ido él solo al encuentro de Balcher, dejándola a ella fuera…

–Balcher. Mi abuelo acaba de ser enterrado y viene usted a hablar de negocios en pleno luto. ¿No le parece que eso es ser un poco brusco? –preguntó en tono sarcástico.

El hombre se recostó en el sillón, haciéndolo crujir bajo su peso.

–Bueno, no parece que usted haya frecuentado mucho esta casa en los últimos años –desvió la mirada ante la intensidad que despedían los ojos de Aiden–. He oído que no se tenían mucho afecto, por lo que no veo motivo por el que deba asumir una carga tan grande. Al fin y al cabo, dudo que después de vivir en Nueva York quiera instalarse en este pueblecito perdido del sur.

–Tiene razón. No había ningún sentimiento de lealtad hacía mi abuelo. Francamente, siempre me pareció un tirano.

El rostro de Balcher se endureció, y Aiden confió en que se estuviera haciendo una idea del hombre con el que trataba. No un viejo decrépito al final de su vida, sino un joven ambicioso y decidido.

–¿Y para qué quiere usted otra fábrica? –preguntó Christina, fingiendo asombro–. ¿No tiene ya bastantes?

¡La pequeña arpía intentaba sonsacarle información por ella misma! Aiden era perfectamente capaz de rechazar la oferta de Balcher y de acompañarlo a la puerta cuando fuera el momento.

Pero ella no confiaba en que lo hiciera…

Era lógico. Christina se jugaba mucho en aquel asunto. El pueblo era su hogar y sus habitantes le eran muy importantes. Su interés estaba sobradamente justificado. Ojalá no desviara la conversación del punto al que quería llegar Aiden.

—Así son los negocios, querida —repuso Balcher, imitando su tono. Aiden tenía la sensación de estar asistiendo a una obra de teatro—. El mercado es muy competitivo y hay que tomar decisiones difíciles. Es imposible que todas las fábricas puedan seguir operativas.

Christina se retiró al fondo y la libido de Aiden se desató al ver las emociones reflejadas en su rostro. Demostraba una pasión formidable cuando defendía a alguien o cuando se enfadaba y olvidaba ser una dama.

Por suerte, la mesa ocultaba su excitación a ojos de Balcher.

—Pero entiendo que Blackstone Mills es especial —continuó Balcher con una pequeña sonrisa—. Y esta casa sería perfecta para mí. Después de todo lo que he oído sobre Aiden pensaba que podríamos llegar a un acuerdo.

—Entiendo —dijo Aiden—. ¿Y en qué clase de acuerdo ha pensado? Creo que Bateman, el director, alberga algunas sospechas.

—¿Sospechas? ¿De qué? Son negocios, nada más.

Aiden vio que Christina, situada detrás de Balcher, abría la boca para protestar. Sabía lo que estaba pensando. No solo eran negocios; se trataba de las casas y los trabajos de muchas personas. Pero Aiden necesitaba obtener más información.

–Eso lo sabemos usted y yo, pero los otros no lo ven así. No puedo impedir que Bateman acuda a las autoridades.

Balcher volvió a moverse en el sillón.

–¿A las autoridades?

–Bueno, usted no es precisamente famoso por jugar limpio, pero un fallo en las máquinas podría causar un accidente. Imagínese si la noticia llegara a la prensa…

A Balcher casi se le salieron los ojos de las órbitas, pero no tardó en recuperar la compostura.

–No sé de qué está hablando, pero si este pequeño problema es demasiado para usted, estaré encantado de quitárselo de encima, junto a todos los beneficios que supondría.

–Es una lástima, porque pensando en lo mejor para la fábrica y para Black Hills no puedo vendérsela a un hombre como usted –sonrió–. Lamento haberle hecho perder el tiempo –un guiño a la hipocresía sureña.

Estaba acompañando a Balcher a la puerta cuando esta se abrió y apareció Nolen. ¿Estaba todo el mundo escuchando la conversación?

–Solo le estoy pidiendo que considere la oferta… –insistió Balcher.

–Sé muy bien lo que quiere y la respuesta es no. No vamos a vender. Y ahora, márchese de mi casa.

A Aiden no se le pasó por alto la expresión satisfecha de Christina. Por desgracia él ya no podría volver a provocársela en la intimidad.

Balcher no se dio por vencido y le ofreció su tarjeta a Aiden.

–Si cambia de opinión cuando las cosas se pongan más difíciles… y más caras, aquí tiene mi número.

Aiden no dudó un segundo y rompió la tarjeta en dos.

–Ya veo –dijo Balcher, entornando la mirada y frunciendo el ceño. Se giró lentamente hacia Christina y volvió a mirar a Aiden con una sonrisa–. Creía que la familia era lo más importante para usted en estos momentos, y no los negocios.

Aiden se puso en guardia. ¿Lo estaba amenazando? Miró a Nolen, quien también miraba a Balcher con desconfianza.

–¿Qué significa eso? –exigió saber Christina, perdiendo sus buenos modales.

–Nada, señora –respondió Balcher–. Sé que su flamante marido hará lo que sea por protegerla, pero pensaba que querría hacer lo mejor para todos ustedes y para el pueblo.

–Y así es –declaró Aiden, decidiendo que ya estaba bien de formalidades–. Pero puedo proteger a mi familia sin olvidarme de toda la gente que trabaja en la fábrica, en vez de vendérsela a alguien que solo quiere cerrarla.

–Igual que hizo con Athens Mill el año pasado, ¿no? –añadió Christina.

Balcher no lo negó, aunque pareció sorprendido. Se dirigió en silencio hacia la puerta abierta, ignorando a Nolen. Tal vez estaba cansado de toparse con un muro, o tal vez había decidido retirarse y preparar su próxima jugada contra unos rivales que eran más duros de lo que parecían.

Antes de marcharse, sin embargo, se volvió una vez más hacia Aiden.

–Puede que no estuviera muy unido a su abuelo, pero hay mucho del viejo en usted.

La puerta se cerró tras él, y Aiden se vio invadido por la furia y el rechazo. Tuvo que esperar unos segundos para despejarse, antes de volverse hacia Christina.

–¿A qué demonios ha venido eso de entrar en el estudio con té y pasteles?

Christina volvió a adoptar una expresión inocente, pero esa vez parecía más nerviosa.

–No sé a qué te refieres. Solo estaba siendo educada.

–Me estabas espiando.

–No digas tonterías.

Aiden la arrinconó contra las estanterías. El olor a flores lo invadió, pero no permitió que lo distrajera de su enojo.

–Vamos a dejar clara una cosa –le dijo en el mismo tono que había empleado con ella de niño–. A mí no se me espía, a mí no se me manipula y conmigo no se juega. Ya tuve bastante de eso con mi abuelo y no voy a tolerarlo en una esposa.

Por un instante le pareció detectar la misma expresión dolida que había visto años antes, pero fue rápidamente reemplazada por algo mucho más fuerte. Christina se apartó y lo miró con la cabeza erguida.

–Pues no hagas que tenga que espiarte. Sé abierto y honesto como fuiste en la fábrica. Colabora conmigo como dijiste.

Las pupilas dilatadas de Christina, el pulso en el cuello, la punta de la lengua humedeciendo los labios. Una emoción primitiva empezó a apoderarse de Aiden. Si no se controlaba acabaría estrechándola en sus brazos y…

Respiró profundamente y cambió de tema.

–Supongo que hacemos un buen equipo como poli bueno, poli malo.

Ella arqueó una ceja con arrogancia, dándole a entender que aún no confiaba en él.

–Podrías haber vendido la fábrica.

–¿A ese tipo sin escrúpulos? Ni hablar –Aiden sabía que debería apartarse, pero no podía moverse.

Ella examinó su rostro buscando alguna confirmación. Pero tendría que aprender a confiar en él por sus actos. Aunque si la lectura del testamento se desarrollaba según sus expectativas, a Christina no le quedaría mucho tiempo para aprender. La perspectiva de una separación inminente obligó a Aiden a girarse y dirigirse a la puerta.

–Los empleados no son los únicos en enterarse de lo que está pasando.

–¿No confías en mí?

–¿Debería? –preguntó ella en voz baja. Aquella única palabra hizo que Aiden recordase todo lo que debería olvidar. Piel ardiente. Cuerpos palpitantes. Manos ansiosas.

Christina echó un vistazo a su reloj.

–Tengo que ir a ver a Lily.

Algo en el interior de Aiden se rebeló. Aquella podría ser su última ocasión para estar con ella.

–¿Y tú? ¿Estás bien?

Ella giró lentamente la cabeza hacia él.

–¿Estás preocupado por mí? ¿O temes que te dificulte más las cosas?

–Estos últimos días han sido una locura, y van a ser aún más frenéticos.

–¿Por qué?

–Ahora que James está muerto, podemos dejar atrás esta situación.

El rostro de Christina se tornó inexpresivo.

–Estarás contento de volver a Nueva York.

–Mi lugar está allí.

Ella lo miró fijamente.

–¿Estás seguro de ello?

Capítulo Once

Christina se detuvo al entrar en el estudio. Era la última en llegar, pero no podía demorar más lo inevitable. Aiden se acabaría marchando, independientemente de lo que dijera el testamento. Su irresistible atractivo casi la había hecho olvidarse de eso. Lástima que su actitud no bastara para enfriarle la libido.

Aiden se acercó como si quisiera hablar con ella, pero Christina lo ignoró. No era el mejor momento para enfrentarse a él. Se dirigió hacia el sofá y tomó asiento junto a Luke, quien le sonrió. Que Aiden pensara lo que quisiera.

Canton sacó los documentos de su maletín y a Christina se le encogió el pecho. Además de los nietos de James estaban Nolen y Marie. ¿Había sido el propósito de James controlarlos a todos? Nunca había confiado en él, ni vivo ni muerto. Pero con el bienestar de Lily en juego no podía dar la espalda a lo que estuviera escrito en aquellos papeles. Lily era lo único que le importaba. Ni su corazón roto ni el maldito orgullo de Aiden. Solo Lily, la mujer que lo había sacrificado todo por sus seres queridos.

–Como os podréis imaginar –comenzó Canton–, James dejó instrucciones muy detalladas sobre cómo debían continuar las cosas después de su muerte.

Todos se removieron en sus asientos. Canton sabía lo que se avecinaba. Lo decía el brillo de sus pequeños ojos tras las gafas.

–¿Queréis que os lea el testamento íntegro o preferís un resumen? –les dio a elegir.

–Dinos tan solo cómo podemos deshacer el enredo que montó James… Mi madre, la fábrica y este matrimonio –exigió Aiden. Christina fingió que no le dolía que la clasificaran como parte de un enredo. Entendía cómo debía de sentirse Aiden, y además, a ella siempre la habían visto como un estorbo.

–Los trámites de divorcio son sencillos y pueden iniciarse enseguida –dijo Jacob.

–Sí, pero un divorcio dejaría a Christina en una posición desfavorable.

Christina respiró hondo. Era inevitable tener aquella discusión, por muy dolorosa que fuera.

–¿Y la nulidad matrimonial? –sugirió Luke.

–Eso sería aún más sencillo –confirmó Jacob.

–Sí –dijo Canton–. Una anulación sería un proceso muy sencillo –miró a Christina y arqueó una ceja–. Pero un requisito indispensable es que el matrimonio no haya sido consumado, y no creo que ese sea el caso…

Christina bajó la mirada y se encogió de vergüenza. Que se hablara de su sexualidad en una habitación llena de testosterona era lo último que quería.

–¿Y si declaramos que hubo coacción? –preguntó Aiden.

Christina levantó la cabeza. ¿Estaba Aiden sugiriendo que...?

–James me coaccionó para que hiciera esto –continuó él–. Christina se ofreció voluntaria, pero solo intentaba ayudarnos a mí y a Lily. Tenemos que enfocarlo desde esa perspectiva.

–No importa –respondió Canton–. James quería que todo siguiera igual. Si me dejáis continuar...

–Adelante –exigió Aiden. Jacob y Luke asintieron, y Christina permaneció en silencio. No quería nada de aquel testamento. Nada, salvo que le dejaran cuidar de su amiga en paz.

–James cambió su testamento después del regreso de Aiden y el posterior matrimonio.

Christina oyó maldecir a Aiden y suspirar a Luke.

–Su deseo era que el matrimonio durase todo el año, y estaba convencido de que intentarías romper el trato si él moría.

A Christina se le revolvió el estómago. James conocía demasiado bien a su nieto.

–¿Y con qué va a amenazarme ahora? –preguntó Aiden con irritación–. Ya no puede usar a mi madre para chantajearme.

La sonrisa de Canton le recordó a Christina al hombre al que había temido y despreciado mientras estaba vivo.

–¿Quién ha dicho que Lily ya no cuente?

Christina dio un grito ahogado.

–¿Qué estás diciendo?

–Digo que te quedarás aquí y cuidarás de Lily y que Aiden se quedará para ocuparse de la fábrica, tal y como quería James.

–¿Por qué?

–Porque la custodia de Lily depende ahora de mí, como también el control de las finanzas de la familia.

Los hombres que la rodeaban se pusieron en pie y empezaron a maldecir, pero Christina permaneció inmóvil en el sofá. El miedo por su futuro y por el de Lily le impedía respirar, pero una parte de ella, una pequeña parte que se negaba a aceptar, se alegraba de que Aiden no pudiera marcharse.

–Todo seguirá como hasta ahora. A final de año se repartirá la herencia y la custodia de Lily recaerá en Jacob.

Aiden se adelantó, echándole una mirada asesina a Canton.

–¿Por qué quieres controlar a una mujer que no puede defenderse, apartándola de su familia y amenazando su salud? ¿Serías capaz de dejar sin trabajo a todo un pueblo?

–No puedes hacerlo –añadió Jacob–. Se trata de nuestra madre. Podemos impedirlo.

–Según este testamento sí puedo hacerlo –arguyó Canton, agitando los papeles–. Podéis recurrir, pero el proceso llevaría más tiempo del que Aiden y Christian tienen que respetar para cumplir las condiciones. Si se ciñen a las instrucciones de James, vuestra madre estará perfectamente.

–Espera –dijo Christina, levantándose–. ¿Has dicho que se repartirá la herencia?

–Sí.

–Puesto que están presentes, supongo que Marie y Nolen también recibirán algo, ¿no? ¿Van a tener que esperar a que cumplamos los requisitos antes de recibir su parte?

–No lo he decidido yo, querida. Está en el testamento. Si no se cumple la última voluntad de James, se procederá a la liquidación de los bienes y al traslado de Lily, y nadie recibirá nada. Jacob tendrá la custodia de Lily, pero la herencia irá a la universidad y la fábrica se cerrará.

–La jubilación de Nolen y Marie depende de esa herencia –le recordó Christina. Después de todo lo que habían sufrido con James merecían pasar el resto de sus vidas con una pensión decente–. De modo que si no acatamos los deseos de James será peor para todos… ¿Vas a cumplir sus instrucciones al pie de la letra?

–Sí.

–¿Pero por qué? –preguntó, horrorizada.

–Por dinero –espetó Aiden con asco–. ¿Por qué si no? ¿Fue generoso contigo, Canton?

La rata volvió a asentir.

–Mucho. Pero James Blackstone era mi cliente y estoy obligado a cumplir su voluntad. Os aconsejo que os atengáis al testamento y no emprendáis acciones legales.

***

A Aiden no le apetecía nada cenar en el restaurante más exclusivo de Black Hills. Comparado con los restaurantes de Nueva York no era más que un local de precios elevados donde la clase alta del condado iba a dejarse ver.

En aquellos momentos preferiría estar solo, pero sus hermanos habían insistido en cenar juntos antes marcharse. Luke estaría fuera una temporada, preparándose para las carreras, y James tenía que iniciar los preparativos para trasladarse a Blackstone Manor. El testamento no impedía que Aiden pudiera contratar a alguien para dirigir la fábrica.

La ley de James. La causa de todas las tensiones, especialmente entre él y Christina. La mujer de la que había intentado deshacerse después de haberla convencido para acostarse con él.

¿Cómo podía una mujer afectarlo tanto? Siempre estaba intentando adivinar lo próximo que haría o enloqueciendo de deseo por ella. De nuevo evitaban estar en la misma habitación salvo para las comidas, cuando Nolen no le quitaba ojo de encima a Aiden.

Luke la había convencido para que fuera a cenar con ellos, y allí estaba, sentada entre él y Luke en la mesa circular. Al mirarla advirtió que torcía el gesto en una mueca de desagrado y se preguntó qué ocultaría bajo la radiante fachada que le mostraba al mundo. Por una vez decidió averiguarlo.

–¿Qué ocurre? –le preguntó.

–Mi padre está sentado junto a la ventana –dijo, inclinando la cabeza.

–Ese título le queda un poco grande –comentó Luke.

–¿Cómo lo sabes? –le preguntó Aiden.

–Porque ella me lo ha dicho. Cuando dos personas hablan se cuentan cosas, ¿sabes?

Aiden decidió ignorarlo. Luke estaba muy susceptible desde la lectura del testamento.

–¿No te hablas con tu familia, Christina?

Ella se encogió de hombros como quitándole importancia, pero la forma en que se mordió el labio sugería lo contrario.

–No si puedo evitarlo, pero no pasa nada. A ellos tampoco les interesa mucho hablar conmigo.

Aiden se fijó en que la mujer sentada al lado del padre de Christina era mucho más joven que él.

–¿Y tu madre?

–Con ella hablo más a menudo, cuando me llama por teléfono.

–¿Para saber cómo estás?

–No exactamente.

–¿Entonces para qué?

Christina se quedó callada y fue Luke quien respondió por ella.

–Para pedirme dinero.

–Creía que tus padres tenían dinero.

–Mi padre sí. Mi madre no tiene un centavo.

–¿Y por eso recurre a ti?

–No. Después del primer año que pasé con Lily mi madre comprendió que no iba a seguir pagando sus vicios. No sé por qué se molesta en seguir llamándome.

–Tus padres se divorciaron cuando tú tenías...

–Ocho años. La ruptura fue muy desagradable. Mi madre le dio motivos de sobra: infidelidad, alcoholismo...

–¿Y te dejó con ella?

–Los empresarios ricos tienen cosas más importantes de las que ocuparse que criar a un niña, o eso dijo él.

–Le pagó a mi madre para que se ocupara de mí, aunque las continuas aventuras de mi madre lo llevaron a reducir a pensión alimenticia. Eso no impidió que mi madre siempre le pidiera más, alegando que yo necesitaba uniformes o libros para la escuela, o inventándose cualquier cosa.

–¿Y le funcionaba?

–No tanto como le habría gustado, y por eso dejó de considerarme útil.

–¿Cómo se las arregla sin tus ingresos?

–Igual que hacía antes. Echándose novios ricos que la mantengan. Ha estado con muchos hombres, incluso volvió a casarse, aunque con la edad lo va teniendo más difícil, y cada dos meses me llama para pedirme dinero. En Blackstone Manor tengo casi todos los gastos cubiertos y me queda suficiente dinero para mandarle, pero...

–Sería malgastarlo.

–Exacto. En vez de eso abrí una cuenta en la que ingreso dinero todos los meses. Mi madre ni siquiera sabe que tiene un fondo de pensión.

Siguiendo un impulso, alargó el brazo y le acarició la mano a Christina, deleitándose una vez más con la suavidad de su piel.

Your receipt
3M SelfCheck™ System

Customer ID: ************8057**

Items that you checked out

Title: Harlequin Deseo
ID: 33477464802968
Due: Wednesday, August 16, 2017

Title: Harlequin Deseo
ID: 33477464757171
Due: Wednesday, August 16, 2017

Title:
 Peligroso chantaje /Dangerous Blackmail
ID: 33477484087292
Due: Wednesday, August 16, 2017

Title: Yo Antes De Ti
ID: 33477464486550
Due: Wednesday, August 16, 2017

Total items: 4
Account balance: $0.00
7/26/2017 5:12 PM
Checked out: 4
Overdue: 0
Ready for pickup: 0

Thank you for using the
3M SelfCheck™ System.

Ella se removió, incómoda con la conversación o tal vez con la caricia. No hablaba mucho de ella. En realidad apenas hablaba, salvo cuando se trataba de defender a alguien.

La única otra mujer enteramente altruista que había conocido había sido su madre. Comparó la infancia de Christina con la suya antes de instalarse en Blackstone Manor. El padre de Aiden había sido un hombre bueno y atento que compaginaba su trabajo como profesor con su vida familiar. Pero cuando entró a trabajar en la fábrica todo cambió; por las noches llegaba exhausto a casa y por las mañanas se marchaba antes de que sus hijos se despertaran. Aiden lo echaba terriblemente de menos, y fue su madre quien pagó las consecuencias de aquel abandono involuntario.

Miró a la mujer que tenía al lado, aparentemente tan segura de sí misma, y recordó lo que había sufrido de niña para recibir atención. En vez de ayudarla él había intentado echarla del único hogar que ella había podido crearse. ¿Cómo se podía ser tan mezquino?

Y sin embargo ella había encauzado su vida de una manera admirable. Pero eso no bastaba para librarle de un amargo sentimiento de culpa.

Tenía que alejarse de ella. Mantener una relación, del tipo que fuera, era una locura. El problema era que no podía apartarse de ella. Ni quería hacerlo.

¿Cómo iba a refrenarse durante los próximos diez meses?

Capítulo Doce

Christina no apartó la mano tan rápido como debería, pero se lo impedía la certeza de que aquella simple caricia sería lo único que tendría de Aiden. Con todo, ver a su padre acercándose le provocaba una reacción imposible de digerir. Los nervios y la resignación se le revolvían en el estómago.

George Reece se detuvo junto a su mesa, atrayendo todas las miradas. Su presencia era tan arrolladora como la de James.

Detrás iba el hermano de Christina, tan alto y moreno como su padre pero sin la presencia y el porte de George. Tenía veintiocho años, dos más que Christina, y parecía un joven indolente y apático, sin responsabilidades ni ambiciones en la vida. Miró aburrido la mesa y desvió la mirada en busca de algún amigo en el restaurante.

El trío lo completaba Tina, la madrastra. Una mujer de veintiocho años rubia y bronceada, con un físico escultural, pechos postizos y una mirada vacía. A George nunca le habían gustado las mujeres con cerebro. Paseó la mirada por la mesa antes de posarla en Christina.

—¿No vas a presentarme?

Christina resistió el impulso de obedecer, se levantó con elegancia e inclinó la cabeza.

—¿Cómo estás, papá?

—He oído que has estado muy ocupada.

Tina se rio por lo bajo.

Aiden también se levantó. Era solo un poco más alto que su padre, pero la mirada de George perdió parte de su fuerza al mirarlo.

—Le pido disculpas por no haberlo reconocido, señor Reece. Ha pasado mucho tiempo.

—Seguro que vivir tantos años en Nueva York te ha borrado la memoria —dijo George, como si no concibiera posible que alguien lo olvidara—. Luke, Jacob —volvió a mirar a Christina—, habría sido un detalle invitarnos a la boda, sobre todo casándote con un Blackstone.

Jacob y Luke se levantaron, pero Aiden se les adelantó.

—Teniendo en cuenta la salud de mi abuelo, pensamos que lo más prudente era celebrar una ceremonia discreta y en privado.

—Sí —dijo Luke—. Yo ni siquiera me enteré hasta que cortaron la tarta.

Christina se ruborizó al recordarlo, a pesar del guiño de Luke.

Su padre no aceptó las excusas, pero pareció más animado.

—Ya era hora de que hicieras honor a tu estirpe y empezaras a comportarte como una dama, no como una simple criada.

—De algo sirve cazar a un marido rico —añadió Tina.

Luke murmuró algo como «quién fue a hablar».

Su padre siempre le había criticado todo desde que nació, desde su ropa hasta sus libros. Y naturalmente también su carrera de enfermería.

–Christina no es una criada –dijo Jacob–. Su trabajo consiste en ayudar a quien lo necesita. Pero supongo que usted no entiende de eso.

–¿Y por qué debería? –preguntó George–. ¿Qué saco yo con ayudar a los demás?

Los otros hombres se sorprendieron por su respuesta, pero Christina no. Ella conocía muy bien a su padre y sabía que rechazaba todo lo que no le servía. Como había hecho con su propia hija.

–Sus cuidados han mantenido con vida a nuestra madre todos estos años –dijo Aiden–. Siempre le estaremos muy agradecidos por eso.

Christina esbozó una débil sonrisa y se odió por buscar la reacción de su padre.

–Repito, ¿qué saca ella con eso? Malgastando su vida junto al lecho de una inválida cuando podría estar ocupando su lugar en la sociedad de Carolina del Sur. Y allí es donde estará finalmente, gracias a su linaje y a su matrimonio. Con el tiempo la gente olvidará su pasado y la verá como la esposa del heredero de la familia Blackstone.

Christina ahogó un gemido de indignación, pero Aiden se le volvió a adelantar y rodeó la mesa para encarar a su padre.

–Sus años de esfuerzo y sacrificio le han dado lo que merece: una familia que la quiere, a diferencia de las personas que únicamente la engendraron. Usted no es su padre, porque la obligación de un padre es proteger a sus hijos.

George no estaba acostumbrado a que le plantaran cara y abrió la boca, pero Aiden no le tiempo para hablar.

–Ocúpese de sus asuntos y olvídese de Christina. Y no espere ninguna invitación a nuestra casa. No queremos malas compañías.

Christina se quedó tan aturdida que no oyó la respuesta de su padre, pero debió ser patética, a juzgar por las sonrisas de Aiden y sus hermanos. Aiden la había defendido como un caballero. Y cuando los Blackstone la rodearon fue incapaz de contener las lágrimas.

Sus defensores. Sus protectores. Sus camaradas. Por fin su familia la había encontrado.

Christina se acostó tras darse un baño caliente y se estiró en la cama vacía. No sabía por qué Aiden la atraía tanto. No dejaba de pensar en él, y para distraerse había dedicado la tarde a preparar la próxima feria del condado. Hizo muchas llamadas, listas y planes, y se despidió de Jacob y Luke antes de que Aiden los llevara al aeropuerto.

Aiden no había vuelto a tocarla desde la última vez, pero su mirada la seguía a todas partes y le acariciaba el cuerpo como si sus manos quisieran hacer lo mismo. No había duda de que la deseaba, y aunque su deseo solo fuera carnal, ella aceptaría encantada lo que quisiera darle si volvían a compartir la cama. Se había convertido en una adicción, y por mucho que ella deseara que la amase, se conformaría con cualquier cosa, con tal de sentirlo una vez más.

Entonces, oyó un ruido en el pasillo y se apoyó en los codos justo cuando la puerta se abría. Aiden entró y cerró tras él. Tenía la camisa desabotonada, mostrando sus fuertes abdominales y la oscilación del pecho al respirar. Avanzó lentamente hacia la cama, estremeciéndola con su intensa mirada.

–¿Qué haces aquí? –le preguntó ella, poniéndose en pie.

–¿No lo sabes?

Ella extendió un brazo para detenerlo.

–Aiden, tenemos que hablar. No puedo… –tragó saliva–. No puedo seguir así. Tengo que saber qué estamos haciendo.

Él también alargó el brazo y le colocó el pelo detrás de la oreja, provocándole un escalofrío por el cuello.

–No es un juego, Christina. Los dos nos deseamos. Y yo no puedo seguir ignorándolo.

Ella lo miró atentamente a los ojos, buscando respuestas.

–De modo que solo soy una conveniencia, ¿no?

–Nada de eso, cariño. Lo que me haces sentir no es conveniente en absoluto.

Los brillantes ojos negros de Aiden la miraban sin pestañear. Christina tenía ante ella una elección crucial: o asumía el riesgo o jugaba sobre seguro. Muy despacio, rodeó la cama hasta detenerse ante él, se puso de puntillas y lo besó en los labios.

–Te deseo, Aiden –susurró, empujando el miedo hasta lo más profundo de su ser, donde nadie, ni siquiera ella, pudiera verlo.

–Y yo a ti, Christina. Más de lo que nunca había creído posible –la tumbó delicadamente sobre la colcha de algodón y se colocó encima–. Recuerda, estamos juntos en esto.

Ella estaba preparada para que cambiara de opinión y se fuera. Aiden siempre encontraba la manera de alejarse de ella y también lo haría en aquella ocasión. Pero ella estaba cansada de contenerse.

–Por favor –le susurró–, te necesito.

Aiden emitió un gruñido y tomó posesión de su boca con una voracidad desatada, como si se hubiera desprendido de todas sus limitaciones. Y Christina se abandonó a la pasión que la consumía sin preocuparse por las secuelas. En pocos segundos estaban los dos desnudos, y Christina separó los muslos, impaciente por sentirlo dentro de ella. Pero en vez de penetrarla, Aiden se dobló por la cintura y volvió a hundir la cara en su sexo para provocarle estragos con su lengua y sus dedos. A punto estuvo de llevarla al orgasmo, pero en el último segundo se retiró y sacó un preservativo del bolsillo del pantalón. A Christina le ardió la cara mientras se lo colocaba con rapidez.

No iban a tener hijos, por muchos sueños que ella pudiera albergar.

Aiden flexionó sus musculosos brazos, le puso las manos bajo las rodillas y la arrastró hasta el borde de la cama, colocándola en la posición adecuada. Su fuerza la hacía sentirse vulnerable y al mismo tiempo poderosa. La premura de Aiden revelaba lo desesperado que estaba por poseerla. A ella. A Christina. Necesitaba imperiosamente el placer que ella pudiera brindarle con su cuerpo.

Y ella estaba más que dispuesta a dárselo.

Por una vez en su vida se sintió completamente libre de inhibiciones. Separó las piernas y dobló las rodillas para apoyar los talones en la cama. Él se inclinó hacia delante y guio su erección hacia la fuente de calor líquido, y ella levantó las caderas para recibirlo con ansia. Aiden empujó lentamente y volvió a retirarse. Ella se esforzó por permanecer inmóvil, pero su sexo quería que la colmara.

Él pronunció su nombre con voz ahogada y el control de Christina estalló en mil pedazos. Agitó frenéticamente la cabeza de lado a lado y agarró las sábanas bajo ella mientras Aiden la penetraba con una pasión salvaje y le mordía los pezones.

El orgasmo le sacudió el cuerpo y le retumbó en las sienes. Pocos segundos después él la agarró por los hombros, se hundió hasta el fondo con una última embestida y se quedó inmóvil con una expresión de éxtasis en el rostro.

Un orgullo inmenso acompañó la euforia que Christina sentía. Aiden se derrumbó encima de ella, y Christina le acarició la espalda mientras contaba sus latidos. Allí estaba lo que siempre había anhelado: aquel hombre, aquel momento, aquella pasión. Y todo era más maravilloso de lo que había esperado.

Capítulo Trece

Aiden yacía abrazado a Christina por detrás. Nunca había prodigado arrumacos después del sexo, pero no podía controlarse. Sus manos le acariciaban el cuerpo a Christina como si tuvieran voluntad propia, y ella respondía con un suave ronroneo como una gatita satisfecha. Era la primera vez que sentía algo semejante con una mujer.

—¿Qué te ha hecho cambiar de opinión? —le preguntó ella de repente.

—¿Sobre qué?

—Para estar conmigo.

—¿Aún no has aprendido nada de mí, Christina?

—¿A qué te refieres?

—Soy uno de esos tipos impredecibles que de vez en cuando pierden los estribos y luego se arrepienten —como la primera vez que estuvieron juntos—. Lo que pasó entre nosotros la última vez no fue culpa tuya ni tampoco mía. Fue el resultado de una atracción mutua —se pegó a ella para demostrarle que la atracción no había disminuido lo más mínimo, más bien todo lo contrario.

Ella lo miró a los ojos. Su expresión reflejaba a partes iguales miedo y excitación.

—Vamos a pasar juntos mucho tiempo en esta

casa –continuó él–. Y a pesar de todo, ambos tenemos los mismos objetivos: cuidar de Lily y asegurar el futuro de la fábrica. Para mí es imposible ignorar lo que siento por ti. De modo que, a menos que me digas que no quieres, creo que deberíamos aceptar esto como una conexión que puede beneficiarnos a ambos.

Christina ahogó un gemido y se quedó muy rígida. La honestidad de Aiden no siempre había sido bien recibida. Los dos querían andarse con cuidado, pero no había motivo que les impidiera disfrutar del deseo mientras durase.

Siempre y cuando no fueran mas allá.

Christina se despertó de un sueño profundo, con el corazón desbocado y el cuerpo en tensión. La sospecha de que había olvidado algo importante resonaba en su cabeza.

Miró el reloj, pero se lo ocultaba un pecho desnudo salpicado de vello.

–Buenos días, preciosa –murmuró Aiden.

Christina se incorporó para ver la hora y se levantó de un salto.

–¿Adónde vas? –le preguntó él.

–¡Se me ha hecho tardísimo! –exclamó mientras se encerraba en el baño, donde se cepilló el pelo y los dientes a toda prisa. Al volver a salir se puso el uniforme de trabajo bajo la atenta mirada de Aiden. No fue una tarea fácil, ya que no estaba acostumbrada a que un hombre la viera vestirse, y menos con aquellos ojos brillando de deseo.

–Tengo que ir a trabajar.

Él asintió desde la cama con expresión apenada. A Christina le dolió verlo así. Aiden no había ido a ver a su madre desde la noche en que ella lo oyó desde la puerta, pero no podía obligarlo. Tenía que ser él quien tomara la decisión.

Cuando Christina entró en la habitación de Lily encontró a Nicole guardando sus libros.

–Estaba a punto de llamarte –le dijo la chica.

–Siento el retraso. ¿Lista para el examen?

–Pues… –Nicole desvió la mirada, haciendo que Christina se volviera.

Aiden estaba en la puerta del vestidor, con unos pantalones caqui y nada más. Y Nicole lo contemplaba con una sonrisa y un brillo en los ojos. Seguramente sabía lo que había entre ellos, pero Christina no estaba acostumbrada a ostentar su vida sexual delante de los demás.

–Gracias, Nicole –le dijo en tono de despedida. La joven se marchó y Christina se puso a tomarle el pulso y la temperatura a Lily.

Oyó a Aiden entrar en la habitación y apoyarse en una de las sillas junto a la puerta. La misma que había ocupado la otra noche. Pero Christina tenía la sensación de que aquel día no iba a bajar la guardia.

–No has pasado mucho tiempo en la habitación de un enfermo, ¿verdad?

–¿Tanto se nota? –preguntó él sin emoción.

Christina se sentó al otro lado de la cama y le sonrió a Lily, la mujer que había sido como una madre para ella.

–Es muy duro ver a un pariente o a un amigo en este estado. Para las enfermeras es mucho más fácil, porque nos ocupamos de vestirlos y bañarlos y nos centramos en nuestro trabajo. Podemos ser... –tragó saliva–, muy útiles, tanto al paciente como a su familia.

Toda su vida había intentado ser útil a los demás. A su madre, a James, a Lily... Su padre la había rechazado porque no le era de ninguna utilidad. ¿Qué haría Aiden?

–¿Cuánto tiempo llevas trabajando aquí?

–Casi cinco años –había seguido viendo a Lily durante el instituto y la universidad, y su relación se había estrechado antes del derrame que dejó a Lily en coma–. Estaba visitándola un día cuando James me llamó a su estudio y me ofreció el empleo si me venía a vivir con ellos.

–¿James te lo pidió?

–Sí –al principio estaba muy contenta, pero luego descubrió lo duro que era cuidar día y noche a un ser querido sabiendo que nunca se recuperaría–. Me vine a vivir aquí en cuanto acabé los estudios y ayudé a Lily con sus ejercicios y actividades diarias. Los años antes del derrame fueron muy buenos, a pesar de la parálisis que sufría desde el accidente –había construido una vida en aquella casa. Lily, Nolen, Marie y el resto del personal eran como una familia para ella. A pesar de su traumática infancia por fin tenía amigas en el pueblo con las que hablar por teléfono o ir de compras. Blackstone Manor no era solo su lugar de trabajo. Era su hogar.

Los ojos se le llenaron de lágrimas al mirar los tranquilos rasgos de Lily, y la mano le tembló al acariciarle el brazo. Las últimas semanas la habían dejado en un estado muy sensible.

–¿Cómo puedes soportar verla así? –Aiden la sorprendió al hablarle desde los pies de la cama. No lo había oído acercarse.

Lo miró y se le encogió el corazón al ver las emociones que reflejaba su rostro. Aiden no había evitado a su madre porque no quisiera verla, sino porque necesitaba desesperadamente volver a ver a la mujer que era antes del accidente. No quería enfrentarse a la dolorosa realidad.

–Porque la quiero.

Aiden la miró fijamente, como si quisiera verificar sus palabras. Eran ciertas. Lo único que Christina lamentaba era no haberle podido pedir perdón a Lily antes de que el derrame las separase para siempre.

–¿Y si estuviera en ese estado por tu culpa? –le preguntó él.

Christina se quedó petrificada y tardó unos segundos en reaccionar.

–¿Qué quieres decir?

Él señaló a su madre con una mano temblorosa.

–Está así por mi culpa.

–¿Por qué? –no debería sentirse aliviada, pero así fue.

–Había ido a verme porque yo me negaba a acatar las órdenes de James y volver a Blackstone Manor. Pasamos unos días visitando galerías de arte y yendo al teatro –le tocó el pie a Lily y Christina contuvo la respiración–. No sé si recuerdas el día del accidente.

Christina lo recordaba demasiado bien. El mal tiempo, la amenaza de tormenta…

–Me dijo que quería irse a casa sin esperar a que mejorase el tiempo –continuó Aiden–. Al fin y al cabo aún había sol –perdió la mirada en el cabecero, con los ojos nublados por los recuerdos–. Pero el tiempo empeoró… ¿Por qué no se detuvo? –le apretó el pie a su madre–. Tendría que haberla convencido para que esperase. Fue culpa mía.

El pie de Lily se movió y el monitor registró un aumento del ritmo cardiaco. Aiden se echó hacia atrás y miró a su madre mientras se ponía pálido.

Temiendo que se desmayara, Christina corrió a su lado y lo abrazó.

–Tranquilo, Aiden –vio cómo tragaba saliva.

–¿Qué ha sido eso?

–El coma no es un estado constante. Los pacientes pueden hacer movimientos espontáneos en respuesta a los estímulos externos.

Él asintió, aunque no parecía muy seguro de la explicación.

–A veces responden a cosas como el tiempo, la temperatura y el tacto. Incluso pueden llegar a incorporarse y abrir los ojos, pero a los pocos minutos vuelven a caer en coma. Aunque a veces tardan horas.

–¿Alguna vez mi madre se ha…?

–¿Incorporado? No –le acarició el brazo–. He deseado muchas veces que lo hiciera. A veces me digo que estas pequeñas reacciones son su manera de decirme que sigue aquí, pero sé que solo es el mecanismo inconsciente de su cuerpo para liberar energía.

Él la sorprendió abrazándola con fuerza. Durante un largo rato ninguno habló ni se movió, y cuando finalmente Aiden se retiró ella decidió darle lo que más necesitaba en esos momentos, aunque no fuera consciente de ello.

–Estoy segura de que a tu madre le gustaría saber que estás aquí con ella –le puso una mano en el brazo–. En los dos últimos años ha agudizado mucho el oído –le sonrió, y aunque él no le devolvió la sonrisa pareció animarse un poco–. ¿Por qué no hablas con ella? Puedes empezar con: «hola, mamá».

Retiró la mano y se marchó. Lo menos que podía hacer por Aiden era ayudarlo a salvar la distancia que lo separaba de su madre. Ojalá pudiera mantenerlo a su lado cuando todo se hubiera resuelto.

Capítulo Catorce

—¿Vienes? —le preguntó Aiden a Christina al bajar de la camioneta.

Acababan de volver de la feria del condado, una celebración muy popular en el pueblo a la que también habían acudido Jacob y Luke. Pasaron una velada muy divertida y agradable, pero de regreso a casa Christina se mantuvo callada durante todo el trayecto. Sus silencios eran cada vez más frecuentes y él había aprendido a darle tiempo para pensar. Incluso había dado un largo rodeo para volver a Blackstone Manor. La noche los envolvía con un manto de niebla y una fresca brisa soplaba por las ventanillas abiertas. Hacía mucho que no se sentía tan cómodo con alguien, envuelto por una deliciosa intimidad que ojalá no acabase nunca.

Y allí estaban, mirándose el uno al otro a través de la ventanilla abierta de la camioneta. Luke, Jacob y Marie habían regresado mucho antes a la casa, que estaba en silencio y a oscuras. Aiden quería levantar a Christina en brazos y llevarla al dormitorio, pero algo se lo impedía. Tenía la sensación de que habían pasado a otro nivel y que él debía volver a pedirle permiso antes de intimar.

–No estoy segura –respondió ella, mirándolo en la oscuridad como si buscara algo–. Aiden…

A Aiden se le formó un nudo en la garganta.

–¿Qué?

–Tengo miedo.

–Lo sé. Soy un riesgo para ti, pero en la vida hay que correr riesgos y superar los miedos. Depende de ti cómo hacerlo.

Se alejó para no influir en su decisión. El césped y las azaleas estaban impregnados de rocío. Al acercarse al sauce llorón oyó los pasos de Christina tras él. Se giró y la vio corriendo sobre la hierba. Se lanzó contra él y los dos atravesaron el tupido dosel de ramas y hojas. Aiden perdió el equilibrio y cayeron al suelo en un enredo de brazos y piernas.

Aiden se encontró atrapado entre los muslos de Christina y con sus pechos apretados contra el torso. Su cuerpo reaccionó al instante. Se arqueó hacia arriba y apretó su erección contra la entrepierna de Christina.

Ella miró a su alrededor, y también lo hizo él. Las ramas colgantes del viejo árbol los aislaban del mundo exterior. Un velo que los envolvía en la magia del descubrimiento recíproco. Christina le puso las manos en los hombros para impedir que la apartara y empezó a frotar la parte más íntima de su cuerpo contra el endurecido miembro de Aiden.

La deseaba con una pasión salvaje, pero fue ella la que tomó la iniciativa y comenzó a devorarle la boca. Él la besó de igual manera, pero la creciente voracidad que demostraban las caricias, mordiscos y jadeos entrecortados de Christina no les permitirían aguantar mucho.

Él le abrió la camisa para explorar su piel, y ella se echó hacia atrás para desabrocharle los pantalones y bajarle la cremallera. Pocos segundos después, le había puesto un preservativo y se preparaba para cabalgar hacia el éxtasis mientras Aiden yacía en el suelo, apretando suavemente los pechos a través del sujetador, sumido en un deseo sin límites.

Ella se levantó para quitarse las braguitas y Aiden tuvo que refrenarse para no apretarla de nuevo contra él. Lo quería todo. Mucho más que aquella irresistible mezcla de timidez y descaro. Mucho más que el consuelo y las críticas que recibía de aquella mujer tan especial. La necesitaba para completar su alma.

Tiró de ella hacia su erección, pero ella volvió a adelantarse y, arqueándose hacia atrás, se introdujo el miembro.

Aiden se quedó sin aliento y casi sin sentido.

Incapaz de permanecer inmóvil y a merced de Christina, la agarró por las caderas e impuso su propio ritmo. Sus cuerpos se fusionaron y Aiden saboreó los jadeos y gritos que emanaban de Christina. Distinguió la agitación de sus cabellos y la curva de su blanca mandíbula recortada contra el fondo de hojas.

Y en aquella frenética carrera hacia la culminación solo un pensamiento resonaba en su cabeza: «mía».

Empujó todo lo posible, ayudándose del peso corporal de Christina. Sus gritos se mezclaron y sus cuerpos se contrajeron al alcanzar juntos el orgasmo.

Durante un largo rato no sintió otra cosa que sus acelerados latidos, el calor de Christina y el deseo de permanecer así para siempre.

Ella se tumbó de espaldas, con la cabeza apoyada en el brazo de Aiden.

—Tendría que levantarme, pero mis músculos no quieren moverse.

Él se rio, retumbándole el pecho bajo la mano de Christina.

—Deberías tener cuidado. Creo que podría volverme adicto a ti si seguimos así.

—Podría acostumbrarme a esto —dijo ella.

Aiden supo que por primera vez en su miserable vida se había enamorado.

Christina durmió feliz y segura, sabiendo que Aiden estaba junto a ella. Pero su plácido sueño se vio bruscamente interrumpido por una llamada telefónica antes del amanecer. Se despertó y la sensación de euforia empezó a desvanecerse mientras Aiden respondía.

—¿Sí?

Era increíble la reacción que le provocaba aquella voz grave y varonil.

—¿Qué ha pasado?

A Christina le pareció oír una voz femenina y agitada. ¿La ayudante de Aiden en Nueva York?

–¿Ha habido daños? –Christina se incorporó–. ¿Cuántos cuadros se han perdido? –escuchó la respuesta de su ayudante y Christina sintió que la ansiedad le oprimía el pecho. ¿Qué haría Aiden? Su inquietud era egoísta, pero ¿y si él se marchaba y no volvía?

Aiden terminó la conversación, dejó el móvil en la mesilla y se giró.

–Siento haberte despertado.

–No pasa nada –se cubrió con la colcha, deseando no estar desnuda–. ¿Qué ocurre?

–Ha reventado una cañería en el almacén. Trisha ha avisado a tiempo a los bomberos, pero se han producido varios daños y voy a tener que ir allí.

A Christina se le secó la garganta.

–¿Por qué? –su miedo era irracional, pero no podía reprimirlo–. ¿No te ha dicho ella que ya está todo bajo control?

–¿Me crees capaz de desentenderme de mis problemas?

La idea de que se marchara la llenaba de pavor.

–Voy a darme una ducha y a hacer el equipaje –dijo él mientras sacaba ropa limpia del cajón–. Jacob me llevará al aeropuerto.

–¿Pero y la fábrica? –se levantó y agarró una bata para cubrirse.

–Jacob se está poniendo al día con la fábrica. Puede hacerse cargo inmediatamente –su tono sugería que lo irritaban las preguntas, pero ella no podía contenerse y dio un paso hacia él.

–¿No crees que deberías hablarlo antes con Canton?

–No –respondió fríamente–. No tengo que pedirle permiso a nadie. Ese negocio es mi vida y no voy a perderlo por culpa del estúpido juego que se inventó mi abuelo, ¿entiendes?

–¿Aun si los demás salen perjudicados?

Aiden se acercó, mirándola fijamente.

–¿Insinúas que no cumplo con mi parte del trato?

–¿Insinúas que lo que ha pasado es solo un trato? –replicó ella, señalando la cama.

La expresión de Aiden se endureció al instante.

–Me voy –aquellas dos palabras terminaron de hundir a Christina, quien bajó la vista al suelo. Había permitido que sus inseguridades ahuyentaran a Aiden.

–Muy bien.

Permanecieron en silencio un largo rato, pero ella se negó a mirarlo. No quería que Aiden viera su desolación.

–Voy a ducharme –murmuró él, y se metió en el baño.

Una hora después Christina estaba sentada junto al lecho de Lily, obligándose a leerle en voz alta a su amiga cuando lo único que quería era echarse a llorar. El equipaje de Aiden estaba listo y Nolen lo bajaba por las escaleras. Christina intentó ignorar los ruidos, pero entonces vio a Aiden en el pasillo y bajó rápidamente la vista al libro.

Él entró en la habitación y se acercó en silencio a los pies de la cama.

–Me voy. Te llamaré lo antes posible para decirte cuándo vuelvo.

Ella asintió, empleando toda su fuerza de voluntad para mantener una expresión impasible. Había sido ella la que lo había fastidiado todo al pretender algo imposible. Pero aquello le confirmaba que las personas y las relaciones estaban fuera de su alcance.

—¿Entiendes lo que digo, Christina?

—Claro —respondió ella con un nudo en la garganta.

—Mírame —le ordenó sin levantar la voz.

Ella respiró hondo y obedeció. Sé que el pueblo y Lily me necesitan —se detuvo para tomar aire—. Volveré. Te lo prometo.

Ella abrió la boca y tomó aire para pronunciar las palabras «te quiero». Pero sabía que él no querría oírlas.

—Lily también dijo que volvería.

—¿De qué estás hablando? Sé muy bien que el accidente de mi madre fue culpa mía y que mi orgullo me impidió verla todos estos años. No necesito que me recuerdes mis responsabilidades.

Ella levantó la cabeza.

—No quería decir eso.

—¿Entonces, qué? Porque no voy a quedarme aquí por un sentimiento de culpa.

—En ese caso deberías marcharte.

Aiden asintió secamente y se marchó, dejándola atrás. Igual que había hecho todo el mundo en su vida.

Capítulo Quince

Christina caminaba descalza por el jardín trasero, mojándose los pies con el rocío nocturno. No soportaba estar encerrada en casa. Aiden llevaba ausente cinco días, el tiempo máximo permitido, según Canton. Después de aquella noche estarían quebrantando las reglas del testamento. Aiden no se había puesto en contacto con ella, de modo que no sabía si pensaba volver a casa por la mañana.

¿Cómo podía estar tan desesperada como para haberle entregado su corazón a un hombre que le había dicho a las claras que no se quedaría con ella?

Algo la hizo dirigirse al estudio de Aiden, como si estar allí la hiciera sentirse cerca de él. La puerta estaba cerrada, pero la llave colgaba junto a las otras en el vestíbulo. Tenía que entrar. La puerta se abrió fácilmente bajo sus temblorosos dedos.

Alargó la mano buscando el interruptor, pero recordó que había una lámpara en la mesa junto a la puerta. La luz reveló aquel lugar de trabajo tan preciado para Aiden.

Si fuera su madre lo destrozaría todo con el mazo. Había presenciado muchos ataques de ira antes del divorcio de sus padres. Su madre llegó a rayar con la llave el nuevo coche de su padre. Pero Christina no era así. Lo suyo no era la destrucción, sino la culpa. Se había pasado mucho tiempo echándose la culpa por todo.

La culpa por el accidente de Lily. La culpa por no impedir su derrame cerebral. La culpa por no poder apartar a su madre de la vida tan dañina que había elegido.

Culpa por todo y al mismo tiempo por nada. La culpa nacía en su interior, aunque a veces los sucesos externos la avivaban. Como el derrame de Lily. Christina sabía que no habría podido evitarlo, pero desde entonces había intentado compensarlo como fuera.

Para distraerse de sus pensamientos se acercó a los estantes y observó los progresos en las piezas de mármol que había visto en su última visita. A pesar de lo cerca que había creído estar de Aiden los últimos meses, él nunca la había invitado a su estudio. Ella solo había entrado por su cuenta una vez. Le parecía demasiado atrevido por su parte invadir el espacio más íntimo de Aiden, su refugio y fuente de paz y sosiego.

¿Podría ser que Aiden no quisiera mostrarle aquella parte de él? Al fin y al cabo, las veces en que había confiado en ella habían sido en la intimidad. Tal vez nunca había tenido intención de ir más allá del sexo.

Vagó distraídamente por la habitación, pasando el dedo por las herramientas y esculturas a medio acabar, hasta la última estatua. Estaba en un rincón y costaba verla con tan poca luz. La última vez que estuvo allí, el bloque de piedra negra con vetas doradas solo presentaba un tosco cincelado en la parte superior y en los bordes. Mucho había cambiado desde entonces, porque desde la base rocosa se erguía la silueta de una mujer. Y esa mujer era ella. Christina. Su misma barbilla, su mismo pelo y una expresión amable y serena que no logró reconocer.

Con dedos temblorosos acarició el contorno del rostro, sorprendida por la suavidad de la piedra y la textura del cabello, cuyas líneas y ondulaciones le conferían una sensación de movimiento.

¿Por qué Aiden la había esculpido a ella, precisamente a ella, en aquella increíble obra de arte? ¿Qué podía encontrar tan fascinante en ella que lo había esculpido en piedra?

Unas pisadas en el porche la sobresaltaron. Se giró y miró ansiosa hacia la puerta, esperando ver entrar a Aiden. ¿Ya había vuelto? ¿Se pondría furioso al encontrarla allí?

Las pisadas recorrieron la tarima y se detuvieron, dando la impresión de que quienquiera que fuese había rodeado la casa. Christina se acercó rápidamente a la ventana y miró desde un lado sin dejarse ver. Unos jóvenes corrían en dirección al sendero que conducía a la fábrica. Dos de ellos se detuvieron y se pusieron a hablar entre ellos, permitiendo a Christina ver sus rostros. A uno no lo conocía personalmente, pero lo había visto por el pueblo. El otro era Raúl, uno de los jardineros que trabajaba a media jornada en Blackstone Manor.

Christina los observó con extrañeza, hasta que saltaron la valla y se perdieron de vista en el bosque. Un escalofrío le recorrió la espalda al pensar que estaba sola en la casa con aquellos hombres merodeando por el jardín. Conocía a Raúl desde hacía un año y, si bien no era el más simpático de los empleados, nunca se había mostrado grosero ni indolente. Aun así, había algo en ellos que la inquietaba.

¿Debería esperar un poco antes de salir? ¿O salir ya y arriesgarse a que la vieran? ¿Y si la estaban vigilando desde el bosque?

Decidió correr el riesgo y se giró hacia la puerta. Seguramente podría volver a la casa sin que nadie la viera.

Estaba a pocos pasos de la puerta cuando vio el humo. Al principio no entendió lo que significaban los hilillos grisáceos que salían bajo la puerta, pero de repente lo comprendió y se quedó aturdida y paralizada por el pánico. Aquellos hombres habían prendido fuego a la cabaña. Con ella dentro. No sabía el alcance de las llamas, pero tenía que salir de allí. Miró la única ventana trasera que no estaba bloqueada por el aire acondicionado. Era pequeña y estaba a bastante altura del suelo, como el ventanuco de un sótano. Aunque pudiera abrirla no creía que pudiera pasar por el hueco.

El humo se hacía más denso y abundante por momentos, acuciándola a actuar sin demora. Avanzó de nuevo hacia la puerta. Tal vez no fuera la mejor opción, pero era la única salida posible. Tocó la manija metálica para comprobar la temperatura. Estaba caliente, pero aún se podía agarrar sin quemarse.

Con el corazón desbocado y los ojos lagrimosos por el humo, respiró profundamente y giró la manija. Usando la puerta como protección, la abrió con mucho cuidado.

Entonces se dio cuenta, demasiado tarde, de que había cometido un error fatal. La puerta dio un fuerte vaivén y la golpeó, tirándola al suelo. Un terrible dolor estalló en su cabeza. Intentó levantarse, pero el cuerpo no le respondía y sentía que algo le chorreaba por la frente.

Por la puerta abierta vio el fuego consumiendo el porche. Las llamas avanzaban inexorablemente hacia el interior.

La visión se le empañaba y las náuseas le revolvían las entrañas. Cerró los ojos e intentó pensar. Tenía que salir de allí y no podía moverse.

Aiden no perdió un solo segundo en cuanto vio el resplandor que parpadeaba en algún punto a la izquierda de Blackstone Manor. Giró nada más atravesar la verja y pisó a fondo el acelerador. Cuanto más se acercaba, más crecía su sospecha.

Al bajar del vehículo se encontró ante una nube de humo que se elevaba junto a su estudio. Maldijo en voz alta y recordó la amenaza de Balcher. Aiden era demasiado cuidadoso con su trabajo como para que aquel incendio fuera el resultado de un cortocircuito o algo por el estilo. ¿Sería un ataque de su rival?

La furia le abrasó el pecho. Si Balcher quería

mandarle un mensaje, se había equivocado de persona. Aiden se lo haría pagar muy caro.

–¿Qué ha pasado? –le preguntó a Jacob, que ya estaba con los otros en el jardín.

–Vi las llamas al pasar y avisé a Nolen. Hemos llamado a los bomberos, pero tardarán un poco en llegar.

–¿Cuánto?

–Otros diez minutos, por lo menos –respondió Nolen–. Estamos conectando las mangueras a los grifos externos del pozo, pero no sé de cuánto servirá. Lo siento, señorito Aiden.

–Lo sé, Nolen –se dio la vuelta y observó al pequeño grupo. Marie contemplaba la escena desde lejos, con un chal encima del camisón. Nicole rodeaba con un brazo a su abuela. Luke y el jardinero, que vivía encima del garaje, arrastraban las mangueras desde la casa. Las únicas que faltaban eran Lily y… –. ¿Dónde está Christina?

Los hombres se miraron los unos a los otros.

–No ha salido –dijo Jacob–. Supongo que sigue en la casa.

Aiden sintió un escalofrío mientras Nolen sacudía la cabeza.

–¿Alguna vez se ha mantenido al margen de lo que sucede en esta casa? –exclamó, y echó a correr hacia la cabaña.

–Creía que la cabaña estaba cerrada con llave –gritó Jacob, pisándole los talones.

Le pareció que tardaban una eternidad en llegar al claro, cubierto de humo. Los otros hombres también se acercaban, cargados con cubos y mangueras. Al aproximarse lo más posible a las llamas, oyó un débil sonido. Se detuvo e intentó calmar la respiración para escuchar.

–¿Qué ha sido eso?

–Alguien pidiendo ayuda –dijo Jacob entre jadeos–. ¡Está dentro!

Aiden solo empleó un segundo en examinar la situación. Las llamas envolvían el porche y era imposible colarse por la ventana. Pero tenía que entrar y tenía que hacerlo ya. Decidido, se dirigió hacia el porche.

–¡Aiden, no! –gritó Jacob, pero él no le hizo caso. Si esperaba sería demasiado tarde, y de ninguna manera iba a dejar a Christina dentro de la cabaña.

Las llamas eran más altas a lo largo de la pared, pero un poco menos entre las maderas nuevas del porche. Aiden se cubrió la nariz y la boca con el cuello de la camisa y atravesó el porche, rezando por que las tablas resistieran bajo sus pies. Entró en la cabaña y tropezó con el cuerpo de Christina, inmóvil en el suelo.

El corazón volvió a latirle cuando vio que ella levantaba ligeramente la cabeza.

–Vamos, pequeña. Salgamos de aquí.

–¿Aiden? –preguntó ella con voz quebrada, pero inmediatamente se puso a toser.

Aiden la levantó, se la cargó al hombro y se volvió a la puerta. El humo le impedía ver nada, pero parecía que alguien estaba echando agua. Sin perder un instante, se lanzó hacia las llamas más débiles y atravesó el fuego, recibiendo al momento una bendita y fresca lluvia. El jardinero y Nolen manejaban la manguera, Luke y Jacob lo ayudaron a tumbar a Christina en la hierba. Ella se giró de costado, sin parar de toser, y entonces Aiden vio la sangre.

—Apuntad con la manguera hacia aquí —ordenó Jacob. Los hombres rociaron a Aiden y a Christina hasta asegurarse de que no les quedaban ascuas en la ropa y continuaron luchando contra el fuego.

Aiden limpió la sangre que le cubría la mitad del rostro a Christina.

—¿Qué te parece, Luke? —sabía que su hermano estaba cualificado en primeros auxilios por su profesión.

Luke alumbró con su linterna el rostro de Christina, quien cerró los ojos y empezó a tiritar.

—Creo que solo es un corte. Las heridas en la cabeza sangran mucho, pero enseguida llegará el equipo médico con los bomberos.

Aiden agradeció que la ayuda estuviera en camino. No le importaba el estudio, ni las herramientas ni su trabajo. Solo le importaba aquella mujer.

Poco después el césped trasero de Blackstone Manor estaba lleno de vehículos y luces parpadeantes. Tres camiones de bomberos voluntarios habían llegado después de la policía local, y también había una ambulancia y varios oficiales del condado.

Christina estaba siendo atendida por los médicos. No había mirado a Aiden ni había preguntado por él. Tan solo una vez, en la cabaña, había pronunciado su nombre. Aquel momento lo acompañaría toda su vida.

Incapaz de quedarse de brazos cruzados, fue en busca de su hermano y lo encontró con el bombero jefe, dos agentes de policía y Bateman, que llevaba la chaqueta de bombero voluntario.

–¿Se sabe ya qué demonios ha pasado? –preguntó con voz profunda y dura.

Los hombres se miraron entre ellos y luego a Jacob. Este le hizo un gesto con la cabeza a uno de los policías, quien se presentó a Aiden.

–Por lo que hemos podido deducir, cinco hombres se acercaron a la cabaña al ponerse el sol con intención de quemarla. Todo indica que emplearon una sustancia inflamable y que prendieron fuego en varios puntos alrededor de la cabaña.

–¿Cinco hombres? ¿Conocemos a alguno de ellos?

Jacob asintió.

–Raúl, uno de los jardineros.

–¿Los han detenido ya?

–Aún no –respondió el policía–, pero hemos emitido una orden de búsqueda y captura. No podrán llegar muy lejos.

Aiden observó el caos.

–Si no los han atrapado, ¿cómo saben quiénes eran?

–Su esposa pudo identificar a dos de ellos.

–¿Quiere decir que los vio mientras prendían fuego a la cabaña?

–Vio claramente a dos de ellos y reconoció al jardinero –confirmó el oficial–. A los otros los vio corriendo hacia el bosque. No fue hasta que se acercó a la puerta que advirtió lo que ocurría.

Aiden tragó saliva al imaginársela atrapada en la cabaña, rodeada por las llamas.

–¿Qué estaba haciendo allí?

–No estoy seguro –respondió Jacob.

Los remordimientos se apoderaron de Aiden. Debería estar con ella. Pero ¿querría ella estar con él?

–Se golpeó la cabeza y cayó al suelo al abrir la puerta –continuó Jacob–. Debió de pensar que la única salida era atravesar las llamas del porche.

Aiden pensó que iba a desmayarse, pero consiguió mantenerse en pie a base de voluntad y rabia contenida. Se preocuparía por cualquier persona que estuviese herida, pero la semana que había pasado fuera solo le había servido para confirmar lo que sentía por su mujer. Lo único que quería era estar con ella.

Se dirigió hacia la ambulancia, seguido por Jacob, donde un médico estaba hablando con Marie mientras otro recogía el material.

–¿Cómo está? –preguntó Jacob.

Marie se volvió hacia ellos preocupada.

–Mejor, creo.

Aiden alcanzó a ver el interior de la ambulancia, donde Christina estaba tumbada en una camilla, cubierta por una sábana y con una mascarilla de oxígeno. La sangre seguía manchándole el lado derecho de la cara.

–¿Cómo está? –le preguntó al médico más cercano.

–Tiene los pulmones irritados por la inhalación de humo. Además ha sufrido un par de quemaduras leves, y habrá que coser el corte de la frente. Pero con todo ha tenido mucha suerte.

Aiden volvió a mirar a la mujer que era su esposa, a quien le había negado el contacto durante una semana.

Un médico lo hizo retirarse, pues tenían que llevarla al hospital. El primer impulso de Aiden fue insistir en acompañarlos y así estar con Christina. Pero ella aún tenía que abrir los ojos. Aiden no sabía si estaba dormida o evitándolo.

–¿Podríais tú y Nolen ir con ellos? –le preguntó a Marie–. Querrá tener a alguien con ella, y yo tengo que ocuparme de unas cuantas cosas aquí –nada que no pudiera delegar en sus hermanos, pero ¿acaso no se había pasado toda la vida delegando en ellos sus responsabilidades?

–Por supuesto. Te mantendremos informado hasta que puedas ir.

Francamente, él sería la última persona a la que Christina quisiera ver, por lo que sería mejor disponer de alguna información cuando fuera a verla.

–Avísame en cuanto sepas algo. Yo iré tan pronto como pueda.

La ambulancia partió con la sirena a todo volumen, Nolen y Marie la siguieron en la camioneta, y Aiden se volvió hacia el caos de coches, personas y plantas pisoteadas en que se había transformado el jardín trasero. Miró los restos del estudio, cuyo techo se había derrumbado. No soportaba imaginarse a Christina luchando por escapar de la cabaña en llamas.

Mientras contemplaba la actividad que se desarrollaba ante sus ojos, los bomberos echando agua en las ruinas calcinadas, Luke y Nicole llevando café y algo de comer, el policía tomando notas, le invadió una sensación de culpa muy familiar.

Pero por una vez no dejaría que la culpa lo apartara de sus seres queridos.

Ni esa vez ni nunca más en su vida.

Capítulo Dieciséis

Atraído por la mujer a la que amaba perdidamente, Aiden se aproximó con cautela a la cama de hospital que ocupaba Christina. No le bastaba con sentarse en una silla a su lado. Tenía que estar cerca de ella para tocarla y asegurarse de que se encontraba bien.

Estaba inmóvil, girada hacia la pared. ¿Estaría durmiendo o tan solo fingía dormir para no tener que hablar con él?

Aiden se arriesgó y se sentó en el espacio que quedaba en la cama, tocándole la espalda con el muslo. Se arriesgó aún más y le puso la mano en la cadera. Ella dio un pequeño respingo, pero no se volvió.

–Christina… –la llamó él con una voz cargada de dolor y remordimiento.

Ella no respondió, pero los músculos se endurecieron bajo la mano de Aiden. Al menos era consciente de su presencia.

–¿Estás bien? ¿Puedo hacer algo por ti? –era un pésimo enfermero. Ni siquiera había sido capaz de entrar en la habitación de su madre.

Christina siguió en silencio, aunque Aiden oyó un débil gemido. Cerró los ojos.

–Sé que lo he fastidiado todo, cariño, y lo siento –esperó un momento, pero ella parecía más encerrada en sí misma que antes. Le acarició la espalda, sintiendo su cuerpo suave y delicado–. Me enfadé muchísimo. Ya sabes con qué facilidad pierdo los nervios cuando siento que me están manipulando, aunque sea desde la tumba.

Le pareció oír otro gemido. ¿Estaba llorando? No soportaba imaginársela sufriendo.

–Lamento haberme marchado así.

En esa ocasión, oyó claramente el sollozo, pero siguió hablando antes de que lo abandonara el valor.

–Sé que no te he llamado esta semana, pero estaba buscando la manera de disculparme y de arreglar las cosas. Por si no te has dado cuenta, tiendo a actuar sin pensar. Cuando algo tiene importancia para mí, me cuesta ver las cosas en su justa perspectiva.

La oscuridad lo ayudaba a ocultar su vergüenza. Había cometido muchos errores en su vida, haciéndoles daño a los seres queridos. ¿Estaría para siempre condenado por esas equivocaciones?

–Lo siento mucho, Christina –se inclinó hacia ella–. Más de lo que puedo expresar con palabras. Sé que ahora no puedes perdonarme, pero algún día sabré compensarte. Te lo prometo.

Tan desesperadamente necesitaba sentirla que se tumbó en la cama y se pegó a ella por detrás. Así yacieron en silencio unos minutos, hasta que Christina empezó a relajarse.

Pero Aiden no podía dormir. No dejaba de pensar en la mujer frágil y vulnerable que tenía en sus brazos y en lo mucho que quería ayudarla. No permitiría que nadie la hiciera sentirse nunca más despreciada o abandonada. Su única esperanza era que ella le diese la oportunidad antes de que fuera demasiado tarde.

Tres días después fue a la comisaria para ver a los oficiales que se encargaban del caso. Allí recibió buenas y malas noticias.

—Creemos haber atrapado a todos los culpables, cinco en total, como dijo Christina. El jardinero fue el último, porque huyó en cuanto empezaron las detenciones. La policía del condado vecino lo ha traído hoy. ¿Le importaría confirmar que era empleado suyo?

Aiden miró a través del cristal al hombre que había trabajado en la casa durante un año, contratado por Nolen.

—Según los otros culpables —dijo el oficial— el plan era quemar la cabaña. No sabían que había gente dentro y no vieron a nadie al comprobarlo, ya que había una lámpara encendida. El jardinero era el cabecilla. Incitó al resto, diciendo que usted no merecía hacerse cargo de la fábrica y haciéndoles creer que se quedarían sin trabajo.

—Pero no tenían motivo alguno para pensar eso —arguyó Aiden—. El jardinero debía estar trabajando para alguien más —la pregunta era ¿quién? ¿El hombre que quería la empresa de Aiden? ¿Alguien del pueblo que no estaba de acuerdo con la nueva gestión de la fábrica? ¿O alguna otra amenaza desconocida?

—Los otros han cantado —continuó el oficial—, pero el jardinero se niega a hablar. Esperamos sacarle pronto algún nombre.

Aiden observó al hombre. Sus ojos, fríos y crueles, no permitían albergar muchas esperanzas. No se trataba de un vulgar ratero ni de un joven descarriado. La policía sospechaba que había estado en un reformatorio, pero no habían podido demostrarlo. Y por su expresión no parecía importarle lo que le ocurriera. Tal vez Balcher le había prometido pagarle más si mantenía la boca cerrada.

—¿Han encontrado algo que lo relacione con Balcher? —preguntó Aiden. Ya le había hablado al oficial de su conversación con el empresario rival.

—No. La noche del incendio estaba en una convención, recibiendo un premio delante de quinientas personas. Y ninguna de las llamadas del jardinero fue hecha a Balcher.

La frustración de Aiden aumentaba por momentos. Quería que hallaran culpable a Balcher, porque era lo más lógico, y que todo acabara para Christina. Se había encerrado en sí misma desde el incendio. Aiden no quería que estuviera preocupada por su seguridad, pero temía que ninguno de ellos estaría a salvo hasta que se descubriera quién estaba detrás de todo aquello.

Al abandonar la comisaría se detuvo para mirar el cielo azul y despejado. No le apetecía volver a casa, aunque le sorprendió que hubiera empezado a pensar en Blackstone Manor como en su hogar.

Tal vez estaba madurando, pensó con una mueca. La casa estaba llena de familiares, y era divertido estar cerca de sus hermanos. Aiden incluso había hablado con un contratista para construir un nuevo estudio y un almacén, de modo que pudiera instalar allí su base de operaciones.

El único inconveniente era Christina. Verla tan tranquila y serena lo preocupaba, pues intuía que estaba fingiendo. Habían contratado a alguien para que se ocupara temporalmente de Lily mientras Christina se recuperaba de sus heridas. Aiden había insistido en dormir con ella, alegando que así estaría cerca de su madre por la noche, pero Christina se mantenía rígida en su lado de la cama. Por la mañana se despertaban en la misma posición: Aiden abrazado a ella y sus piernas entrelazadas.

Aiden temía que si no podía derribar el muro que Christina había erigido para protegerse, la perdería para siempre. Había querido darle tiempo, pero cada día parecía alejarse más y más.

Si tan solo le diera una oportunidad, podrían tener un futuro juntos. Era lo que Aiden más deseaba en el mundo. Más que su trabajo. Más que contravenir la última voluntad de James.

Incluso más que su libertad.

Capítulo Diecisiete

Estaba llorando por unos zapatos. Sentada ante el armario abierto, con los ojos llenos de lágrimas, Christina intentaba decidir qué zapatos conservar y cuáles tirar.

En realidad, su sensibilidad no tenía nada que ver con el calzado sino con Aiden. Era un hombre muy ocupado, pero hasta aquel día siempre se había mostrado disponible. ¿Cuál era el problema? Que la había tratado como una delicada figura que podría romperse con un simple roce.

Echaba de menos la dedicación con la que Aiden acometía cualquier cosa, fuera buena o mala. Echaba de menos las discusiones y la comodidad de trabajar juntos, la conexión que había sentido al hablar de su padre, el sobrecogimiento cuando Aiden le plantó cara al padre de Christina. Y sobre todo, echaba de menos la pasión desbordada y la unión de sus almas.

Los días eran una tortura. Y las noches eran todavía peores.

Se iban a dormir cada uno en un lado de la cama. Sintiéndose inútil y vacía, Christina daría cualquier cosa por que él la abrazara por detrás como había hecho en el hospital. Tenerlo tan cerca y al mismo tiempo tan lejos la estaba matando. ¿Por qué no se atrevía a pedirle que se quedara?

Porque no podría soportar otro rechazo en su vida.

Aiden la había dejado sin intentar comprender sus miedos. Solo quedaban los preciados recuerdos, esparcidos a su alrededor como cristales rotos. Tenía que escapar de allí. No podía pasarse un día más lamentándose por lo que nunca tendría. Pero ¿cómo irse cuando Blackstone Manor y sus habitantes se habían convertido en su vida?

De modo que allí estaba, limpiando su armario y llorando.

Entonces Aiden entró por la puerta, como si lo hubiera conjurado su desesperado anhelo.

–¿Cuándo has vuelto? –le preguntó ella.

–Hace unos minutos –dudó un momento–. La policía ha detenido a los cinco.

Christina se estremeció al recordar a aquellos hombres en la ventana.

–¿Tendré que testificar?

–No lo creo. Cuatro de ellos han confesado y el caso está cerrado. No pueden encontrar nada que relacione a Balcher con el crimen, ni tienen pistas de quién pudo ser el instigador. Tampoco hemos encontrado nada más en la fábrica.

Christina no quería pensar en ello. Alguien que recurría a aquellos métodos para asustar a las personas no merecía su atención.

Aiden la sorprendió al acercarse y arrodillarse a su lado. Lo miró a la cara, pero rápidamente apartó la mirada. Era tan atractivo que no podía mirarlo sin sucumbir al dolor.

—¿Qué ocurre, Christina?

Ella se secó las lágrimas de las mejillas. La experiencia le había enseñado que a los hombres no les gustaban las mujeres sentimentales.

Él se sentó y la hizo girarse como si fuera una muñeca. Ya fuera impecablemente vestido para el trabajo, sudoroso por el sexo o sentado en el suelo, era el hombre más atractivo que había visto en su vida.

Y allí estaba ella, vestida con unos pantalones de yoga y una camiseta, y el pelo recogido con una enorme horquilla. A Aiden le había tocado la parte más fea del trato.

Él no se movió ni dijo nada, y su actitud expectante animó a Christina a hablar. Era mejor elegir un tema seguro antes de que él empezara a escarbar en sus sentimientos.

—Me estoy esforzando por volver a la normalidad —señaló el armario—. Tampoco es que esto sirva de mucho —era cierto. Sin un propósito claro y definido no tenía motivos para levantarse y seguir adelante. Lo único que hacía era pensar y deprimirse, sintiéndose inútil e indeseada.

—Todos queremos que te recuperes, lo sabes, ¿verdad?

—Sí, Aiden. Lo sé. Pero estoy bien —necesitaba volver al trabajo.

—No lo parece.

Un rápido vistazo le reveló la misma expresión escrutadora con la que Aiden llevaba mirándola una semana. No quería ser un acertijo que él tuviera que resolver.

–Estoy preparada para volver a ocuparme de Lily –de aquello estaba segura–. No puedo permanecer de brazos cruzados sintiéndome una inútil mientras otra persona hace mi trabajo.

–¿Una inútil? –repitió él incrédulo–. Christina, te has desvivido por ayudar a todo el mundo. A este pueblo, a Nolen, a Marie, a Nicole. Te has sacrificado por mantener a Lily a salvo…

–Calla –se puso en pie–. No sigas por ahí.

Él también se levantó.

–Christina…

–No –sentía que estaba a punto de derrumbarse, y se puso a andar de un lado a otro de la habitación–. No me sacrifiqué por Lily. La quiero, pero si me ofrecí voluntaria para casarme contigo fue porque me sentía culpable. Estoy en deuda con Lily.

–¿De qué estás hablando? –le preguntó él, desconcertado pero con voz amable.

Casi prefería que se pusiera furioso. Sería mucho más fácil.

–Yo provoqué su accidente…

Aiden sacudió la cabeza.

–No. Ella estaba volviendo a casa…

–Por mí. Tú le habías dicho que se quedara un día más por el mal tiempo. Pero yo me puse enferma y tuvieron que ingresarme en el hospital para operarme de apendicitis. Marie llamó a Lily y le dijo que mi madre me había dejado sola. Ni siquiera esperó a que me sacaran del quirófano –el estómago se le revolvió por el recuerdo–. Lily fue al hospital a pesar del tiempo para estar conmigo. Para que yo no estuviera sola. No me enteré del accidente hasta que me dieron el alta.

–¡Por Dios, Christina! –exclamó Aiden. Fue hacia ella y la agarró por los brazos para sacudirla–. ¿Cómo puedes sentirte responsable? Lily jamás te culparía del accidente.

–Pero yo sí me culpo. Igual que me culpo por hacerte volver y quedarte aquí. Tú quieres estar en Nueva York. Y en vez de eso estás aquí, conmigo.

–Eso no es por tu culpa. Es cosa de James. Él nos ha metido en esta situación…

–Pero yo quiero que te quedes.

El silencio que siguió a sus palabras le ahogó los latidos del corazón. ¿De verdad había dicho eso en voz alta? El miedo le impedía mirarlo a los ojos. Ya no había vuelta atrás.

–Tú estás aquí por obligación, Aiden, pero yo quiero que estés conmigo. Para siempre –tragó saliva y se obligó a continuar–. Te quiero. Estés aquí o en Nueva York yo siempre te querré. Pero preferiría que estuvieras aquí. Lo siento si te parezco una mujer desesperada y posesiva. No quiero que te veas obligado a elegir entre atarte a una vida que odias solo porque te acostaste conmigo o volver a la vida que te gusta. Lo único que quiero es a ti.

–¿Quién dice que deba elegir? Christina, llevo esperando una semana a que te abras a mí. Creía que lo había dejado claro en el hospital. No estoy aquí porque deba estar. Estoy aquí porque quiero estar contigo, con mi madre, con mi familia…

A Christina le costaba asimilar lo que oía.

—¿Y Nueva York?

Aiden esbozó una sonrisa encantadora.

—Este viaje me ha enseñado que puedo tenerlo todo. El negocio que he construido, la familia que quiero... y la mujer que necesito.

Se acercó con cautela, como si temiera que ella fuese a escapar, y le acarició el cabello.

—Christina, has prendido una pasión en mí más fuerte que ninguna otra cosa, incluso que mi arte.

Ella sintió que se perdía en sus caricias y en sus ojos oscuros.

—Desde que volví a Blackstone Manor he cometido bastantes errores. No quería estar aquí, y he luchado con todas mis fuerzas por romper los lazos. Pero hay un lazo que no puedo ni quiero romper desde que me desafiaste a hacer lo correcto —la abrazó por la cintura y la apretó contra él, haciéndola sentirse tan segura y protegida como se había sentido por las noches en sus brazos—. Tú me desafiaste. Luchaste conmigo. Y me querías.

A Christina se le aceleraron los latidos.

—Aiden...

—Déjame terminar, porque no sé si podré decirlo todo —hizo una mueca y le acarició la mandíbula con un dedo—. Gracias a ti me he convertido en un hombre mejor. Tu calor me recuerda que no estoy solo. Tu pasión aviva la mía. Tu determinación me señala la dirección correcta. Tu perdón me mantiene cuerdo. No necesito que nada me obligue a permanecer aquí. Soy lo bastante egoísta para quererlo todo... y espero que tú me lo des.

A Christina se le llenaron los ojos de lágrimas. Él se inclinó y la besó ligeramente en los labios.

–Déjame estar contigo –le susurró–. Sé que cometeré errores, pero espero que puedas amarme pase lo que pase.

Finalmente, Christina fue capaz de reaccionar se abrazó a su cuello.

–Aiden… ¿Es que no sabes que me encanta todo de ti? Eres un hombre apasionado, creativo y trabajador, y aceptaré todo lo que quieras darme.

–Entonces puedes tenerlo todo, porque sin ti no estaría completo. Te quiero. Cásate conmigo otra vez.

Christina ahogó un gemido de emoción y lo besó en los labios. Supo que su corazón había encontrado el lugar al que pertenecía. No porque la necesitaran o porque se lo exigieran. Por primera vez en su vida la querían por lo que era realmente, con sus defectos e imperfecciones.

Igual que ella quería a Aiden. Por siempre jamás.

DIARIO ÍNTIMO

ANNE OLIVER

La costumbre de Sophie de poner por escrito sus sueños eróticos hizo que se los enviase accidentalmente a su jefe, Jared. Él no estaba buscando un compromiso y, afortunadamente, también era lo último que ella tenía en mente, de modo que acordaron vivir una aventura sin compromisos.

Pero el trabajo en equipo, las noches ardientes y los dolorosos secretos compartidos despertaron unos sentimientos inesperados. Y Sophie pronto descubrió que se había metido en un buen lío.

*La fantasía erótica de Sophie
debería haberse quedado en sueños*

¡YA EN TU PUNTO DE VENTA!

Acepte 2 de nuestras mejores novelas de amor GRATIS

¡Y reciba un regalo sorpresa!

Oferta especial de tiempo limitado

Rellene el cupón y envíelo a

Harlequin Reader Service®
3010 Walden Ave.
P.O. Box 1867
Buffalo, N.Y. 14240-1867

¡Sí! Por favor, envíenme 2 novelas de amor de Harlequin (1 Bianca® y 1 Deseo®) gratis, más el regalo sorpresa. Luego remítanme 4 novelas nuevas todos los meses, las cuales recibiré mucho antes de que aparezcan en librerías, y factúrenme al bajo precio de $3,24 cada una, más $0,25 por envío e impuesto de ventas, si corresponde*. Este es el precio total, y es un ahorro de casi el 20% sobre el precio de portada. !Una oferta excelente! Entiendo que el hecho de aceptar estos libros y el regalo no me obliga en forma alguna a la compra de libros adicionales. Y también que puedo devolver cualquier envío y cancelar en cualquier momento. Aún si decido no comprar ningún otro libro de Harlequin, los 2 libros gratis y el regalo sorpresa son míos para siempre.

416 LBN DU7N

Nombre y apellido	(Por favor, letra de molde)	
Dirección	Apartamento No.	
Ciudad	Estado	Zona postal

Esta oferta se limita a un pedido por hogar y no está disponible para los subscriptores actuales de Deseo® y Bianca®.
*Los términos y precios quedan sujetos a cambios sin aviso previo.
Impuestos de ventas aplican en N.Y.

Bianca

**¿Por qué no era capaz de salir del camino
que llevaba directamente a una colisión con él?**

El guapísimo empresario Benjamin De Silva estaba acostumbrado a ir en el asiento del conductor, pero, cuando se vio en la necesidad de contratar a un chófer, la bella y directa Jess Murphy le demostró que, en ocasiones, ir de copiloto podía resultar igual de placentero.

A Jess no le impresionaba su riqueza, pero cada vez que miraba por el espejo retrovisor le entraban ganas de saltar al asiento de atrás y someterse a todos los deseos de Benjamin. La reciente OPA de Ben la había dejado sin trabajo, y sabía que debía mantenerse alejada de él...

Trayecto hacia el deseo

Miranda Lee

VIVIENDO AL LÍMITE

BARBARA DUNLOP

Después de perder aquel avión, Erin O'Connell, compradora de diamantes, creyó que había perdido para siempre sus posibilidades de ascenso... pero quizá no fuera así.

Necesitaba tomar un vuelo a la idílica isla de Blue Hearth para hablar con el propietario de una mina, así que la incombustible Erin tendría que convencer a Striker Reeves de que pusiera en marcha su hidroavión y se preparase para la acción. Para todo tipo de acción.

Aquel hombre la llevaba a alturas que jamás habría imaginado...

¡YA EN TU PUNTO DE VENTA!